ル・アーヴルから長崎へ

ル・アーヴルから長崎へ

パスカル・キニャール＋小川美登里

水声社

目次

1　たゆたう波のように

小川美登里

ジュビレという不思議な言葉を最初に聞いたのは、パスカル・キニャールとの会話の中でのことだった。日本に来て欲しいと誘うと、七十歳を目前としていた一九四八年生まれの彼は、「それじゃあ日本でジュビレを祝おう」と答えた。日本でいえば古希である。それは、齢七十が稀な長齢であることを賀ぐ中国の詩人杜甫の詩句「酒債は尋常行く処にあり、人生七十古来稀なり」に由来するといわれている。

一方の西洋では、高らかにファンファーレを鳴らす祝祭の角笛がかつて雄羊の角で作られていたことから、雄羊を意味するヨベルから変化したジュビレという語が、おもに五十年の区切りを祝う言葉として定着した。ユダヤ教やキリスト教では、それまでの罪や借財が一旦、白紙に戻る恩赦の一年、「聖なる年」という特別な意味を持っている。『レビ記』第二十五章には次のように書かれている。「安息年を七回、つまり七年の七倍を数えなさい。七回の安息年の期間は四十九年です。その第七の月の十日に角笛を響かせなさい。贖いの日なのですから、全地に角笛を響かせるのです。五十年目の年を聖別し、その地すべての民に解放を宣言しなさい。それはあなたがたのためのヨベルの年なのですから。あなたがたはそれぞれ自分の所有する土地に帰ることができます。それぞれの氏族のもとに戻ることができます」。引用からはジュビレが単なる時間の区切り以上のもの、つまりはそれまでの人生を振り返って清算するという一種の自省への促しであり、新しく人生を仕切り直すためのチャンスでもあることがわかる。十二支がひと巡りして最初に戻ることを祝う還暦が、もしかしたらそれに近いかもしれない。

＊

一九五七年に公開された、スウェーデンの巨匠ベルイマンの名作『野いちご』では、主人公のイサク・ボルイ教授の半世紀にわたる医学界での功績が認められ、名誉博士号授与の祝典に出席するために出立するところから物語が始まる。だが、祝祭を予感させる高揚感はどこにもなく、イサクを待ち受けるのは甘美というにはあまりにも苦々しく、哀しく、痛みをともなう自省の機会ばかりだ。あたかもジュビレという非日常事が時間の流れを宙吊りにし、老教授の意識を否応なく過去へと向けさせるかのように。自宅のあるストックホルムから海辺の町ルンドへと向かう車の中で、イサクは夢想の餌食となり、覚醒（現在）と夢（過去）のあいだを彷徨う。物語が回想シーンに切り替わるたび、懐かしい顔の今は亡き人々、イサク本人よりもずっと生き生きとした死者たちが次々と現れてはイサクに語り、問いかける。

＊

キニャールにとって時間は、寄せては返す波のように循環を描く。日付は波打つ時間の潮からサイクルを抽出するナイフだ。一九四八年から二〇一八年の七十年は彼の人生の環、一九六八年から二〇一八年の五十年は作家人生の環。円環はひとつでなくてもいい。むしろその中にはいくつものサイクルが重なり合っているのだろう。キニャールのジュビレの環の中にも、同じようにたくさんの輪があるはずだ。『ル・アーヴルから長崎へ』という本書タイトルが示すように、ジュビレの旅はル・アーヴルから始まる。二〇一七年四月初旬、わたしたちはフランス、ノルマンディー地方の港町ル・アーヴルにいた。セーヌ＝マリチム県主催による芸術祭「テール・ド・パロール」（「ことばの大地」）に招かれたキニャールは、三つのプログラムを用意していた。十五世紀にル・アーヴルを襲い、町全体を呑み込んだ巨大津波の犠牲者を悼むための祈りの儀を一夜限りの儀式として復活させた「大潮の儀式《ラ・マール・マレ》」、二〇一一年三月の東日本大震災と原発事故直後を描いたドキュメンタリー映画『フクシマ後の世界』をめぐる討論会、そして二〇一六年にアヴィニョン国際演劇祭で初演されたのち、各地を巡った舞台『暗闇の岸辺』の上演である。「大潮の儀式《ラ・マール・マレ》」の儀式と討論会にあたっては、日本からも関係者が招待された。ル・アーヴルとフクシマが深い縁で結ばれていることを予感させるこの三つのイベントが、キニャールのジュビレの旅、作家満七十歳の日を待たずにル・アーヴルで始まった事実上の旅の幕開けとなった。

女優マリー・ヴィアルとの二人舞台『暗闇の岸辺』には、日本の暗黒舞踏から着想された「暗黒のパフォーマンス」という副題が付されている。キニャールが演者として舞台に上がったのは本作が二度目で、その数年前には、ギリシア悲劇に登場する王妃メディアの物語を下敷きにした『メディア』を創作し、暗黒舞踏家の故カルロッタ池田との共演も果たした。『メディア』に携わったときに初めて、舞台に上がる恐怖と、予測不可能な状況に身を投じる快感を同時に知ったとキニャールは回顧しているが、ここで言う予測不可能な状況とは、舞台での再演がけっして反復ではなく、演じるたびに未知の大地に触れるという、演劇特有の体験を指しているのだろう。だがそれ以上に――キニャール風の表現が許されるなら――かつてシャーマンが呪術的舞踏を介してこの世から異界へ（人間世界から動物世界へ／生者の住処から死者の国へ）と旅立ったときの跳躍の記憶、現代では演劇にもっとも強く受け継がれているに違いない、そうした記憶が念頭にあっての発言だったように思われる。キニャールの生み出した暗黒のパフォーマンスというジャンルには、日本の能にも通じる、異界との交信という意味合いが含まれているのだ。事実、カルロッタ池田が演じた王妃メディアは、まるで大母のような存在として、人間の誕生と死を舞台上で操っていた。その精神を受け継ぐ『暗闇の岸辺』もまた同じように、生死の境界として舞台を見立てている。

『メディア』は世界を巡った。カルロッタ池田とキニャールは、音楽家アラン・マエとともに二〇一一年十月に来日し、東京と福岡で公演した。だが、次の共演作の予断を与えることなく、盟友カルロッタ池田は二〇一四年九月にこの世を去ってしまう。その数年後、キニャールはマリー・ヴィアルという新たな共演者を得た。ヴィアルとの共作『暗闇の岸辺』は、ゆえに『メディア』の新たな形での再演である。そうであるなら、闇の世界への想いをさらに深めたいという密かな欲求が、ル・アーヴルから長崎へと結ばれるジュビレの旅の目的のひとつであってもおかしくはないだろう。暗黒のパフォーマンスを介した死者との対話というテーマが、ジュビレの円環のひとつをなしていたとしても。

＊

夢の中で、イサク・ボルイ教授は廃墟となった建物の立ち並ぶ見知らぬ街の通りを侘しく歩いている。そのとき、歩道脇の大時計にふと目が止まる。時計の文字盤には針がなく、それが何時を指していたのかも、今、何時なのかも分からない（ベルイマンのモノクロ映像では、光と影の強烈すぎる対比のせいで、まるで時間が砂のように消失してしまったかのようだ）。薄気味悪さを覚えたイサクは、慌ててポケットから懐中時計を取り出す。懐中時計の蓋を開けると、あるはずの針が文字盤から消えている。恐怖のあまり声を上げるものの、まるで巨大な沈黙の壁に取り囲まれたかのように、叫び声は空に吸い込まれてしまう。やがて向こうから誰かがやってくる。さきほどの時計の文字盤と同じく、その人物にも顔がなく、影のようなその人物は、イサクが触れたとたんに蒸発して霧散する。今度は馬車が近づいてくる。老教授の横を通り過ぎる瞬間、馬車の車輪が街柱にひっかかって脱輪し、荷台が大きく傾いたかと思うと、積荷が乱暴に車道へと投げ出される。荷を解かれて自由になった馬は慌てて走り去っていく。イサクはほとんど無意識に、道路の落し物の方に引き寄せられる。棺桶のクロースアップ。次の瞬間、半開きになった蓋の下から死人の手が無造作に飛び出てくる。骨ばって干からびた皮膚のよそよそしいその手は、映画の冒頭、ストックホルムの自宅の書斎でペンを握っていた主人公の手と同じものだ。棺桶から覗いた手のクロースアップの次の瞬間、死人の手がまるで生き返ったかのように突然、主人公の手首を掴む。生きているイサクと死んだイサク。生と死。交わるべくもないふたつの時間がこうして交わる。現在が過去にいきなり足を掬われる瞬間だ。この瞬間を起点として時間の潮目が変わる。イサクは過去の渦の中に呑み込まれていく。

＊

時間は流れる水。唇からこぼれ落ちることばは風に吹かれ、書物は時間の川を流れていく。「川は絶えることなく海へと流れ込む。わたしの人生は沈黙の水に流されていく。すべての年月は、空に吸い込まれる煙のように過去へと吸い込まれる」、とかつてキニャールは記した。この文章を書いたとき、十三世紀の作家であり『方丈記』の作者、鴨長明のことをはたして彼は知っていただろうか。それほどまでに二人の言葉と精神は呼応しあっているようにみえるからだ。「ゆく川の流れは絶えずして、しかも、もとの水にあらず。淀みに浮ぶうたかたは、かつ消えかつ結びて、久しくとどまりたるためしなし。世の中にある人とすみかと、またかくのごとし」

第二次世界大戦直後のフランスに生まれ、日本のように敗戦国でなかったとはいえ、戦禍の痕跡生々しいノルマンディーの港町ル・アーヴルを故郷にもつキニャールの原風景は、海を背にした廃墟だった。今でこそオーギュスト・ペレによって美しく統一された、始終靄のかかったようなノルマンディーの灰色の空の光と調和するコンクリートのモダンな都市であるものの、戦後すぐのル・アーヴルは、瓦礫の山に絶えず冷たい海風が吹きつけるだけの、一切の慰めを欠いた貧民窟でしかなかった。町の復興への足取りは、幼い子供にとっては気の遠くなるほど緩慢なものだったろう。そうした現実から目を逸らすかのように、パスカル少年は次第に夢想と書物の世界に没入していく(死の象徴としかいいようのない廃墟で生を想像する難しさについてキニャールは後年、告白しているが、とうの昔に死んだ死者の声をいきいきと伝える書物は、都市や魂の蘇生を彼に信じさせてくれる、数少ない手段のひとつだったという)。こうして、読書をよすがにして、パスカル少年の心の中でル・アーヴルの廃墟に小さな魂が宿り、伝説の古代都市と同じ威厳が廃墟の港町に与えられたのである。

廃墟の子。入江《アーヴル》の子。子どもの澄んだ眼差しが遅々として進まぬ都市の再建の光景を優に超えて、その先に広がる海、想像力をかきたてる大海原と、さらにその先に広がる未知の世界に向けられたとしても、なんら不思議はないだろう。大人になって旅を重ねたキニャールが、「世界中の都市でわたしが愛するのは港町だけだ」と語っていることからもそれがうかがえる。ル・アーヴル、アントワープ、ナポリ、イスタンブール、ニューヨーク、東京……、それがどこであれ、港には同じ風景が広がり、同じ匂いが漂っている。世界のあらゆる港には、無尽蔵の水を湛える海と、その舌先が寄せては返す波となってせまる汀があるだけだ。浜（多くはコンクリートの防波堤だが）を境界として、ふたつの異なる物質（水と土）と異なる時間（堆積する時間が作り出す過去と、不定無常の時間である永遠）、異なる空間（太陽の光によって方向性を与えられた大地と、深海の闇を抱き、あらゆる方向性が消失する海）の出会う場所が、ほかでもない港なのだ。こうしたふたつの世界を結びつけながら分断する地平線も、そこではたった一本だけだ。世界のどの岸辺に佇もうと、水平線の向こうから陽は昇り、陽は沈む。ジュビレに際してキニャールが選んだのは、東の地平線とその彼方の世界への旅だった。東方《オリエント》への旅。ネルヴァル、フロベール、セガレン……、かつて多くの芸術家が現実に、あるいは想像で旅した道程だ。それ以前には、黄金や銀を求めて、巨大な帆船が競い合うようにして東方へと海を駆けた。さらにそれ以前には、遠くギリシアから極東まで、海の道を介しての交流があったと伝えられている。

日本にあるあまたの港町の中から、キニャールは長崎を選んだ（ベルイマンの映画に倣うなら、到着地はあくまでも海辺の町でなくてはならなかったのだ）。ル・アーヴルから長崎へ。ジュビレという特別な名を与えられたこの円環にキニャールはいくつもの意味を込めている。それは幼年時代を呼び醒す旅でもあり、作品を通じて結ばれた人々との交流の旅でもあっただろう。だが、それ以上に、かつてそこで生を享けたものの、人生を全うすることなく逝った死者たちの魂を鎮めるための巡礼の旅、死者との交流をとおして新たな活力を得るための旅でもあった。古代の吟遊詩人やシャーマンのように、ことばと音楽を携えて。

*

旅の始まりに当たって、ジュビレに日本を選んだ理由をパスカルに尋ねてみた。返ってきた答えはたった一言、「わたしの夢だったから」。それからこう説明してくれた。「オデッセウスよりも前にイアーソンがいた。イアーソンよりも前にギルガメシュがいた。アヤの国への旅のさなか、イアーソンは太陽の娘、メディアに出会った」、と。キニャールにとって日本への旅は、それまでの人生と過ぎし歳月を振り返りながらいにしえの光と出会うための、世界の最果てへの旅でもあったのだ。

2　ムーズ川のうねりの中に消えた歌

パスカル・キニャール

それは森のはずれの小さな村だった。一九四〇年代の終わりから五〇年代初頭にかけて、毎年、夏になると通った場所だ。

ベルギーとの国境の手前でムーズ川が最後に大きく蛇行する湾曲部にその村はあった。コナラの森に囲まれ、岸壁に守られた古い集落はショーと呼ばれていた。

そこにあったのは一ダースにも満たない数の民家だ。みなが同じ出自だった。僕らの一族だ。従兄弟や伯父、代父、そして代母たち。

その村からわずか三百メートル先にあるムーズ川の狭くて暗い入江に、一九五〇年代末、フランス初の濃縮ウラン型原子力発電機が設置された。

ベルギーとの国境線上にこの爆弾が建設されたわけは、ライン川や海へと注ぎ込むムーズ川の流れや風を利用して、その脅威をすぐさまフランス国外へ厄介払いするためだった。

原発の建設で森が伐採され、断崖が穿たれ、河岸が破壊された。

近隣のジヴェやディナン、ナミュールの都市へと向かう漆黒の滔々たる川の奔流を、タービンがいきり立つように熱した。
タービンのせいで川の流量が増した。パーチやカワカマスたちは急流へと急き立てられた。ハゼやブリークは河岸沿いに逃げ去った。川べりや岸辺のイグサの下に生息していたウナギは絶滅した。
発電所の川べりでは、
白く輝く水晶の石目や、砂岩の薔薇色の石目をときおり煌めかせながら、
肉厚の葉脈に覆われて朽ちた無数のコナラの小さな葉が、黒ずんだ岸壁に貼りついていた。

ムーズ川はマース川ともいう。
それは故郷の町マーストリヒトに流れ着いた後、
北海の波立つ波濤と泡に交わって姿を消す。

マース川沿いのショー、僕の祖父が幼年時代を過ごした昔ながらの村はそう呼ばれていた。
一族全員が集い、夏の休暇を一緒に過ごした場所だ。
ああ、落葉することなく死ぬことを知る、原生林の質素な朽葉たちよ！

独仏間の三つの戦争のあとも無疵だった、
千年以上続いたその村は、
屋根を覆う真っ黒な長方形のスレートと、
イノシシやシカ、静寂、農耕向きのゆったりとした首と巨大な臀と豊かなたてがみを持つ在来種の野

生馬に守られていた。

橋から教会へと続くたった一本の道には、歩道すらなかった。

民家の玄関先の石畳には真っ白なグラジオラスが咲き乱れ、教会の内陣を飾る祭壇のテーブルクロスをやがて覆い尽くすはずだ。

森の奥には、数かぎりないキノコ類が野菜よろしく生えていた。

どの農家にも自家製の大麦で作ったビール樽があった。

食事の最後には必ず、ネズの実を蒸留したオランダ・ジンやブランデーの前に、山盛りの黒イチゴや野生リンゴが供された。

僕らはそこで釣りや狩をし、歩き、彷徨し、
風を遮る壁一枚すらないル・アーヴル港の廃墟の光景と、海からの突風をしばし忘れて憩った。

岸辺の爆弾と化した小さな村落よ。
生ぬるい原子力の水が渦を巻き、音を立てて沸騰する小さな泉よ、
かつてはあれほど澄み切っていたのに、
今や黒ずんだ流れの中に注ぎ込み、すべてを壊滅させてしまった、
魚類も、バンも、
桑の茂みのホタルも、小麦に寄生する羽虫も、屋内では蝋引きの防水布をびっしりと覆い、水辺では藁屑のように水面に寄り集まっていたカゲロウも。
岸辺に寄せては返すその水は、デン・ハーグやスコットランド、オークニー諸島、アイスランドまで流れゆく。

小高い山塊に守られ、
今は断崖の中腹に植林されたモミの木陰に、
豊かで広大なムーズ川の蛇行が削り取って出来た一連の古聖所のあった場所、
紀元八四〇年以前に遡るフランク族先史の時代から、イル川の平原とともに「悪魔の穴」と呼びならわされていたその場所に、
地下施設が建設されたのだ。

たった一晩のうちに、一族全員が土地や家屋、農地、鍛冶場、ビール工場、漁師小屋、カヌーを、原発で働くために移り住んできた技師や職工や労働者たちに正価で売りさばいた。
一族は昔ながらの森を捨て、母神アルデュイナに捧げられた古代の聖域を見放し、ジヴェの飛び領土を離れ、一目散に離散した。
夜明け方に車道を通過するゴミ収集車の音を怖がるネコのように、あわてて逃げ去った。
糸の切れた凧のように飛び去った。

ある者はパリに向かった。十キロ先にあるベルギーとの国境を越えた者もいた。ル・アーヴルに向かった者。アルゼンチンまで高飛びした者。ガボンに住み着いた者。フィレンツェまで教えに行った者。チャールズ川ほとりに佇む伝統の町ハーヴァードの大学に行った者もいた。

分厚い丸眼鏡をかけた僕のやさしい祖父、

詰襟の上着に
グレーの山高帽姿の祖父は、

広葉樹林の森のはずれの人里離れたあの侘しい古村で生まれた。彼の名はシャルル・ブリュノー。祖父の母アンヌ・セルヴェもまた、フランク族時代の名残を残すフランシー地方の極地、原生林のはずれの未踏の地にあったこの昔ながらの村に生まれた。

アルデンヌの森にはたくさんのイノシシが生息していた。広大な森を治めていたのは、雌イノシシの頭部を戴く女神だった。祖父に連れられて歩いた日々を、まるで昨日の出来事のように僕は思い出す。家や兄弟から逃れられるのが、どんなにうれしかったことか。歩き回るのがどんなに楽しかったことか。僕は決して不平を漏らさなかったし、祖父は歩くのが何よりも好きだった。突然、僕の歩みを遮って、

「しっ、黙って！」という声がした。

灰色の野獣たちが前を通り過ぎていく。

仔イノシシや駄馬、雌イノシシ、離れイノシシだ。

「しっ！　静かにしないとやつらは飛びかかってくる、僕らを踏みつけて、皆殺しにするんだ！　死んでしまうぞ」

故郷の村のワロン語も話せた祖父は、ソルボンヌ大学でフランス語文法を教える教授でもあった。ブロッホ、メイエ、ドーザ、バンヴェニスト、シャントレーヌ、ヴァルトブルクらと並んで、彼も語源の大家だった。

「猪《サングリエ》」をあらわすフランス語は、そもそも「単一の《サンギュリエ》」という意味だ。ラテン語では「ひとりものの豚《シングラリス・ポルクス》」。

中世に入ると「ひとりもの《サングリエ》」という意味に変化した。
現代フランス語では「猪《サングリエ》」になった。
イノシシとはゆえに、「ひとりもの」になった豚のことなのだ。
人生の最後、残された日々の最後に独り身となり、
家族を捨て、
集団を離れ、
森の奥へと帰る者、
人間嫌いの処女、動物たちの主人、女神アルテミス、母神アルデュイナの森へと。
飼いならされたものをその人は拒んだ。食べられるものを拒否した。影を捨てた。巣窟を去った。母なる森を捨てた。ぶつくさと不満をこぼす猟犬の群れを離れた。
それもそのはず、あらゆる胎生動物の内奥には、存在の起源に根差す深い倦怠が、そもそもの始まりからあり、
その倦怠は、共同体というまったく不自然な存在、あらゆるものを寄せ集め、一緒に生きることを強要するそうした存在が生み出した。しかも、母の孤独な性器からたったひとりで人が生まれ出たときからだ！
人は誰しも、バイソンの群れやシカの群れ、オオカミの集団を真似ようと躍起になる。
だが、それと同時に、独り身でいたい、ひとりでいたい、他人から離れたいという欲求、人が集い、妬み、模倣し、争い合い、嫌悪し合うことで生じる他者の危険から逃れたいという欲望、
孤立へのそうした欲求が野獣の群れの中にすでに存在し、それは野禽の社会や家畜の集団、ミツバチのような群れの中にさえ存在したのだ。

神秘的な声がひとり孤独に死ぬようにと野生動物に呼びかけたとしても、それはみずからの心の声に従うにすぎない。
自分自身が密かに育んでいた、消え去ることのない神秘の意志に従い、自分以外の誰も知らない隠れ家に向かって一気に馳せ参じ、そこでやせ細り、皮膚は剥離し、毛や鱗や皮膚は一枚ずつ生え変わる。
そこで休息し、
夢想し、
快楽を味わう。

夢は自分だけの世界、
たったひとり、自分の手に身をゆだねる。
たったひとり、幸福に浸る。
たったひとり、死の恐怖に向き合う。

ああ、孤独を作り出すポケットよ！

それは支配をもくろむあらゆるものから保護してくれる場所、
陽の光の下で攻撃をしかけるあらゆるものを避け、身を守ることのできる場所。

じっと身を隠すことのできる場所、短い眠りの中、たったひとりで出かける奇想天外な夢想の旅の中で。

平穏を見出す場所。

自分ひとりで充足できる場所。
身体を縮めて死ぬことのできる場所。

火の発明、その最初の閃光が最初に灯した竈の火が、まるで地上に現れ出た湧き水のように人間たちを高揚させたそのときからすでに、すべてを投げ打ってでも立ち去りたいという、強固で奇妙なこの欲望が存在していた。

ひとりでいたい、ひとりで夢を見、ひとりで欲望し、ひとりで思考し、ひとりで現れ、ひとりで狩をし、ひとりで震え、ひとりで息絶えたいというこの奇妙な欲望は、太古の洞窟の時代以前から存在した。黒い血の獣の内部にはある欲望が巣食っていて、原始の野生世界のただ中に回帰するようにと突然に命じる。

六カ月続く夜のあいだ、イヌイットの大地とチュクチ海の間に横たわる氷河の上や氷原の縁でおこなわれる、シロクマとの一騎打ち。
五島の島々で繰り広げられる、海の女神クジラとの危険な漁。
いにしえに捧げられる孤独な喜び。
野生からの最初の襲撃に身を捧げる喜び、
接近戦、待ち伏せ、罠、
それが聖別を与えるのか、あるいは殺戮をもたらすのかはわからなくても。
往時のサムライであるイノシシ。

嗚咽《サングロ》の父、イノシシ《サングリエ》。
荒涼たる岸辺と泥炭に縁取られた、湿った漆黒の森から聞こえてくる悲しげな嗚咽、
ああ、黒い獣よ！
まるで教会のように、
巨大な火打石の塊のように、
谷の上にそそり立つ嵐の黒雲。

3　ル・アーヴル

小川美登里

故郷とはなにか。起源とはなにか。場所こそ起源なのだとキニャールは言う。なぜなら、わたしたちは母から生まれ出たのではなく、のちに母として認知される女性《ひと》の身体のある場所から来たのだから。胎盤や羊膜、臍帯を含む胎児の環境の総体をなしていた、一般に胞衣と呼ばれるその場所は、出産につづく後産で娩出され、手術室のゴミ箱に捨てられる。こうして、起源への癒しがたい郷愁だけを残して、わたしたちから第一の故郷が奪われる。郷愁は不在の場所への憧憬へと姿を変えて、心の中にとどまりつづける。人生とはおそらく、故郷喪失と故郷への郷愁という、ふたつの現実に引き裂かれた時間の経験にすぎないのかもしれない。

そうであるなら、どんな故郷も仮の姿、擬似故郷でしかないだろう。その一方で、それがわたしたちに与えられるただひとつの故郷であることも事実なのだ。それを足がかりに人は自分の歴史や物語を作る。ただし、目に見える故郷の背後には、目に見えない故郷の気配がつねに漂っている。わたしたちの眼差しはその遠い場所へと吸い込まれる。見えない世界への狂おしい往還運動がこうして生みだされる。回帰への情熱を人間精神の本質として主張したのは、ウィーン生まれの学者ジークムント・フロイトだったが、波の運動や月や潮の満ち欠けに始まり、太陽の回転から地球の自転までをも支配するのは、ほかならぬこの回帰の運動なのだ。

「災禍のあとの再興されつつあった港に出来始めた真新しい町の姿が、わたしの人生を決定づけた。そしてわたしの作品にも大きな影響を与えた」という言葉どおり、ル・アーヴルはキニャールにとっての故郷となった。人生という旅の出発点でもあり、幾度も立ち帰りながら旅立っていくための中継点でもある場所。

＊

二〇一七年四月三日、パリから北西二百キロに位置するル・アーヴルの町に到着したときには、昼もとうに過ぎていた。車から降りて空を見上げると、印象派の画家たちの描くノルマンディーの風景――水平線近くまで垂れ込めた薄衣の雲間から陽光が差し込み、雲母のように輝きながら、空全体を蒸気で満たす、艶やかで半透明な膜に覆われた海景――はそこにはなかった。前日の強風が雲を一掃し、その日の空は澄み渡っていたのである。きらきらとした光の粒が瞳孔を刺激する。まばゆい光に包まれて、心なしか身体もぽかぽか温かい。「こんな晴天のル・アーヴルは初めてだ。この光を忘れないでおこう」、と言ったのはパスカルだ。春の始まりの一日。

＊

英仏海峡に向かって突き出すように伸びた大地の上にル・アーヴルの町が建設されたのは、今から五百年余り前のことだ。三角貿易を中心とする国際貿易の要地となった十八世紀以降、町は本格的に発展し、十九世紀には国際湾岸都市としてかつてない繁栄ぶりを見せるも、第二次大戦では激しい艦砲射撃と空爆戦の舞台となり、街全体が一気に廃墟と化した。かつてはニューヨークを結ぶ豪華客船「海の宮殿」ノルマンディー号が発着し、洋上観光の拠点のひとつとしても大きな賑わいをみせていたという。キニャールが生まれた戦後は、石油精製工場や化学工場を抱える一大工業地帯として栄え、今でも毎日、大型船舶が港を行き交う様子がみられる。セーヌ川を挟んだ対岸に渡って、ピトレスクな小港オンフルール（エリック・サティの生まれ故郷でもある）やドーヴィルの丘の上からル・アーヴルを一望すると、コンビナートの煙突が大気の中に揺らめき、まるで何本もの蝋燭を冠した誕生日ケーキのように、霞の向こうに浮かんで見える。

巨大な水溜りのような泊渠が市街地をいくつも侵食するル・アーヴルの町は、大聖堂を中心に発展した。第二次世界大戦中の爆撃を辛くも免れ、その後、町の象徴となったノートル＝ダム大聖堂の前身は、かつてノートル＝ダム＝ド＝グラース教会の名で知られ、十六世紀に遡るその創建時には、現在の大聖堂よりもずっと海沿いに建てられていた。さらに時代を遡った十二世紀には、町の痕跡すらまだなかった時代のことだが、そこには小さな漁村を統べる貧しい礼拝堂と教会だけがあった。礼拝堂は沼地を意味する「グラースの沼地《マレ・ド・グラース》」の名で呼ばれていたと伝えられている。一五一七年、フランソワ一世王が湾岸都市の建設を企てた頃に、ノートル＝ダム＝ド＝グラース教会の名にちなんで「グラースの港町《ル・ポール・ド・グラース》」あるいは「グラースの入江《ル・アーヴル・ド・グラース》」と呼ばれるようになった。現在のル・アーヴルという名は、天然の小港や避難所を意味するアーヴルというフランス語に由来する。

ル・アーヴルの歴史は災害とともにあった。ノルマンディー上陸作戦による惨禍は記憶に新しいが、それよりもはるか以前、都市創設のわずか数年後に大津波が押し寄せ、真新しい町を一瞬にして呑み込んだのだ。多くの犠牲者を出したこの災害は大潮の津波《ラ・マール・マレ》と呼ばれ、都市部まで水が押し寄せるアクア・アルタという現象が、その後もしばらく続いた。当時、海岸沿いにあった礼拝堂は何度も浸水を重ね、司祭と信者は椅子の上に乗ってミサを行ったと伝えられている。だが、郷土史に刻まれたこうした不幸も、ヨーロッパの歴史の大波の中で徐々に忘れ去られていった。二〇一一年三月に日本を襲った津波の映像が世界中を駆け巡るまでは――。

＊

二〇一一年三月十一日午後二時四十六分、三陸沖を震源とするマグニチュード九の地震が発生し、北海道から茨城県にわたって南北約五百キロにもおよぶ太平洋岸に津波が押し寄せた。防波堤をやすやすと乗り越えて港内部へと闖入し、船舶も車も家屋も人もすべて、その一切合切に覆い被さりながら大地から根こそぎ剥ぎ取り、一挙に呑み込んでいく獰猛なその様子《イメージ》は、全世界のメディアで繰り返し流れ、人々に衝撃を与えた。この映像を目にしたとき、ル・アーヴルの郷土史の最古層に埋もれていた出来事がふと記憶に蘇ったと、キニャールは語っている。ル・アーヴルとフクシマというふたつの場所がひとつのイメージとなって溶け合い、ル・アーヴルがフクシマに、フクシマがル・アーヴルになった瞬間だ。その後、芸術祭「テール・ド・パロール」の芸術監督から連絡を受けたとき、大津波の死者を悼むかつての儀式を復活したいとすぐさま申し出たのだという。

*

暗黒のパフォーマンスという副題のもと、「大潮の儀式《ラ・マール・マレ》」として新たに蘇ったその儀式は、二〇一七年四月四日の夕刻、かつて追悼式が行われたのと同じル・アーヴルの大聖堂で、一夜限りの演目として執り行われた。一夜限定の理由については、完璧さよりもそこから生まれる感動の方が芸術には必要だからだとキニャール自身、説明している。およそ五世紀ぶりに忘却の淵から救い出された慰霊の儀式は、遠い昔の死者たちとより新座の死者たちをつなぎ、フランスと日本というふたつの色彩を帯びることとなった。

聖堂の心臓部をなす内陣を残して薄闇に沈む静まり返った大聖堂の中で、「大潮の儀式」は始まった。式の前半、キニャールの翻訳者のひとり高橋啓氏による追悼文が紹介され、日本語とフランス語で読み上げられた。観客とともにそこにいるはずの、見えない人々に向かって語りかけるように、ゆっくりとことばを噛みしめながら、二人の朗唱者が舞台上に並んで朗読した。

朗読が終わると明かりがすべて消灯し、聖堂は一気に闇に沈んだ。死者たちを迎える時刻が来たのだ。暗闇の中で生者と死者が出会い、合流し、一時をともに過ごす。そのとき時間が逆戻りする。真っ暗な伽藍に響くキニャールの声に導かれ、観客は立ち上がり、さっきまでそれぞれ腰掛けていた椅子やベンチの上に乗って、息を押し殺して待った。張り詰めた沈黙の中、大波がやってくる気配が感じられる。「さあ、椅子やベンチの下を波が通り過ぎるのを見守りましょう」。わたしたちは波の到来を想い、足元を通り抜けて去っていく音を聞く。波が遠ざかるのを静かに待つ。沈黙。ゆっくりと儀式が幕を閉じる。

儀式の後半は音楽で構成された。内陣中央に向かい合うようにして設置された二台のピアノにキニャールと日本人ピアニストの博多かおるさんが座り、音楽での対話を披露した。二人の選んだ曲が交互に響き、ピアニストたちは最後にフランソワ・クープランの『さまよえる影たち』を各々のスタイルで演奏した。バロック音楽特有のリズムとアクセントが強調されたキニャールの演奏では、ピアノの音がまるでチェロのような弦楽器の深みと哀感を帯びた音色となって、胸を引き裂くほど悲痛な響きを湛えていた。博多かおるさんの演奏は静かで、遠い瞑想へと誘うような美しさだった。

　リハーサルの間、博多さんの奏でる『さまよえる影たち』を聴きながら、「もっとゆっくり、もっとゆっくり」と促しているパスカルの姿がとても印象的だった。おそらく彼はそのとき、曲の常識を超えた、極端に緩慢なテンポをピアニストに要求していたのだ。生者の耳を潤すためではなく、死者たちに聴いてもらうために曲を弾くようにと諭すかのように。キニャールにとって、芸術は死者たちへの呼びかけである。作品は影たちへの捧げ物なのだ。見えない存在となった死者たちの魂を傷つけないように、優しく、静かに、あやすように演奏しなければならない。音楽は死者のためのもの、そう語るキニャールの作品の中で、ヴィオールの名手サント＝コロンブが楽器を演奏しながら亡き妻に語りかける、あの感動的な場面をわたしは思い出していた。

*

　コンクリート製の建物が整然と並び立ち、質素でモダンな佇まいを見せるル・アーヴルの町の中心部に、ひときわ目を引くオブジェ、火山《ヴォルコン》と称される文字通り真っ黒な火山を模した建造物がある。ブラジルの建築家オスカー・ニーマイヤーが手がけた文化センターである。そのすぐ脇の市立図書館が翌日のプログラムの会場だった。図書館内のホールで渡辺謙一氏のドキュメンタリー映画『フクシマ後の世界』（二〇一二年）の上映が行われ、それに続いて『脱原発の哲学』（二〇一六年）の共著者で哲学者の佐藤嘉幸氏と、作家で翻訳家のコリーヌ・アトラン氏を招いた討論会が行われた。

福島はもともと「吹く島」だったという。『信夫伊達風土記』によると、信夫山一帯はかつて大きな湖に囲まれた場所だった。湖を渡って一年中吹き付ける山風にちなんで「吹く島」と呼ばれていたが、長い歳月のあいだに湖が干上がり、陸地となって集落ができると、人々は願いを込めて「吹く」を「福」に言い換えたという言い伝えが残されている。その福島で二〇一一年三月、世界最悪の原発事故が起こった。六基の原子炉のうち、当時運転していた三基すべてがメルトダウンを起こしたのだ。事故によって空気中に大量の放射性物質が飛散し、前代未聞の環境汚染を招いただけでなく、多くの人々が避難を余儀なくされ、日本国内に故郷喪失者《ディアスポラ》を生み出した。

映画『フクシマ後の世界』はこうした祖国の荒廃と、祖国喪失の状況を描いている。だが、その映像が伝えるのは、地震、津波、原発という三重の災害の犠牲となった福島の姿だけではない。映画の中では、福島と交差するようにして、首都東京の様子がしばしば挿入されるからだ。大勢の人々が行き交うにぎやかな大都会の街角、煌々と輝くオフィス街、歓楽街のホテルやレストランの明かり――、生産活動の拠点である東京の豊かさと電力《エネルギー》を支えていたのは、福島の原発だったのだ。映画は資本主義の矛盾と構造的差別を炙り出す。その矛盾が東電や政府に対する住民の怒りの声となって、わたしたちの胸に響く。

それと並行するように、先祖の言い伝えや過去の教訓を忘れ、目先の利益だけを追って日々生活していたことへの人々の自責の念も描かれている。一八九六、一九三三というふたつの数字が刻まれた裏山の岩壁の映像は、二〇一一年を経験した人々が忘れていた過去の傷跡を悲しく照らし出している。

津波の到来は、科学文明の発達によって完全に手なずけたと人々が思い込んでいた自然の逆襲でもあった。映画の中で、津波が直撃し、その後、廃墟となったビルディングの一室に設置されたビデオスクリーン上で、地震当日の津波到来の瞬間が再生される場面があった。海岸の水平線の向こうから黒ずんだ大波が近づいて来るにつれ、地鳴りのような鈍い轟音と怒号が不気味に増していく。そして、人々の慌てる声や叫び声をすべてかき消しながら、怪物のように貪欲な舌ですべてをあっという間に呑み込んでいく。世界中のニュース番組で繰り返し流れた映像と同じだ。ただし、渡辺氏の映画で再生された映像では、「早く逃げないと。津波来たよ」という撮影者の男性の声がはっきりと聞き取れる。その声を聞いてわたしたちは愕然とする。目の前で繰り広げられる光景と、警告を発する男のか細い声のあいだの落差に唖然とするのだ。こんなにも強大な自然の力と、それに対峙するこれほどまでに無力な声。これこそが人間と自然の本当の関係なのだといわんばかりの圧倒的な光景。

自然はおそろしい。だが、それだけではなく、福島の事故はわたしたちにとって、放射能汚染という未知の次元を開いた。わたしたちは今後何世代、何百年にもわたって、目に見えない放射能と汚染物相手に戦わねばならないだろう。それは従来の天災とも人災とも違う新しいタイプの災害、ドイツの社会学者ウルリッヒ・ベックに倣うなら、出口なしの災害の到来である。福島の原発事故は、この世にまだ生を享けていない未来の生存者たちをも巻き込んでしまった。二十年後あるいは五十年後に生まれてくる犠牲者はいまだ未知数だ。

「福島一帯の住民は、いまや生という名で呼ぶことすらためらわれる、自分たちの存在の網目の中に入り込んだ目に見えないものを見つめ、触知不可能なものをとらえようとして生きている」、こう告げるのは映画の語りを担当した小説家ミカエル・フェリエだ。津波が去ったあとの風景——一九四五年八月の広島の写真、あるいは瓦礫と廃墟のル・アーヴルの景色に奇妙なまでに似た光景——はたしかに痛ましい。だが、こうした劇的な光景《スペクタクル》以上にわたしたちを動揺させるのは、日常の風景ですらもはや以前とは違うという感覚である。まるで一瞬にして世界がよそよそしい別人になってしまったかのように。あるいは突然の病に襲われて、わたしたち自身が盲目になってしまったかのように。

故郷は失われた瞬間に真の姿を見せるものなのだろうか。里山や満開の桜は何を語りかけるのだろうか。

＊

ふるさと（古里という字を当てることもある）とは、日々流れゆく無常の時間の中で変わらぬ指標を与えてくれる定数でもある。生活の背景という以上に、わたしたち日本人にとって自然は鏡――先祖や子孫の姿を映し出す鏡――のような存在だった。母なる大地がときに荒れ狂い、人命を奪うことがあるにせよ、自然が命を根絶することはないと信じてきた。たとえ天災が繰り返し人々を脅威に陥れようと、人智を超えた自然の浄化作用として理解されていたのである。自然から命を学び、命を分けいただくという思想が日本人の根底にはある。ときに犠牲を捧げながら、自然との命の循環を保つという考えだ。事実、漁で釣った魚は骨まで、畑で獲った野菜は皮まで大切にしなくてはいけないと、わたしたちは幼いときから教えられてきた。

満開の桜を愛でる花見の文化についても、それが春を介して自然から命を譲り受けるという意味で大切にされてきた。ぼんぼりの幽かな灯りに照らされた闇夜、満開の桜の樹の下に宴席を設けて酒を酌み交わしながら、舞い落ちる桜の姿に日本人が見ていたのは、散りゆく命の面影だった。道端の野草を床の間や玄関に飾る習慣も、小さきものに宿る命を想うわたしたちの感性に由来する。

＊

上映会とそれに続く討論の後、キニャールは客席からこう語りかけた。「これからは自然の遺恨についても考えなければいけないだろう」。自然の遺恨――、なんと謎めいた言葉！　この深い表現を汲み尽くすことは不可能だ。だが、少なくともこうは言えないだろうか。自然の遺恨とは、自然を無為に傷つけてしまったことへの人間の哀切でもある、と。映画の中で福島の漁師たちは、釣った魚をそのまま海に投げ戻していた（放射能が基準値を超えた場合、市場に下ろすことはできないからだ）。畑で収穫された野菜は放射能測定器にかけられ、ときにはそのまま廃棄される。人間と自然のあいだに放射能という不審物が入り込んだ以上、キノコ狩りもイノシシ狩りも、もう以前のようにはできない。裸足で木登りすることも、草地に寝転がることもないだろう。イノセンスの終焉。子供たちにとっては、首から吊り下げられたガイガー・カウンターが感覚器官の代わりになった。見るもの、触れるもの、匂うもの、食べるもの、これらすべてがいまや放射能に数値化される。人間と自然の関係に亀裂が入り、透明で屈強な壁が両者を隔てたのだ。映画の中で人々がときに露わにしていた、名指すことのできる敵への怒りの根底には、深い喪失感、自然への哀惜の念がひそんでいるようにみえる。取り返すすべもないその悔恨の情に共感するからこそ、自然の遺恨を引き受け、それを痛いほど自分にも感じるのではないだろうか。

＊

満開の桜が舞う里山の映像で映画は幕を閉じる。そこには自然との断絶を告げる沈黙のヴェールがかかっているようだ。そして、この沈黙をとおして死が静かに浸透してくる。荒廃した風景は死者たちを招き寄せる。

＊

その夜、コリーヌ・アトラン氏が朗読した和合亮一氏の『詩の礫』（余震と放射能の恐怖と戦いながら、和合氏が震災直後からツイッターで放ち続けた短詩の記録）では、次の詩句がリフレインのように繰り返される。

静かです。放射能の夜です。余震。

放射能の沈黙に死者たちの沈黙がつけ加わる。天照大神が岩戸に籠もった太古の時と同じように、世界の夜がふたたび訪れたのだ。

＊

二〇一一年三月十一日、福島から百キロ離れた水戸の自宅で、停電の中、寒さに身を縮めながら一晩を過ごした。静かだった。世の中が暗転したように真っ暗だった。
福島で何が起こったのかを知ったのは、翌日の昼過ぎ、停電が解消された後のことだ。テレビをつけた瞬間、福島第一発電所で起きた水素爆発の光景が目に飛び込んできた。何が起こっているのかすぐには理解できなかった。それから家中の窓を締め切り、外出も避けた。ＪＲ水戸駅は地震で損壊し、鉄道は封鎖されていた。水戸を脱出することができたのはその一週間後、茨城空港が再開されて数日後のことだった。苦労の末にようやく神戸便の航空券を予約することができたのだ。神戸に着いたとき、煌々と照らし出された街の夜景がまったく現実離れして見えたことを覚えている。人の往来も車の渋滞もよそよそしく、まるで別世界の景色のようだった。数日後、新幹線でふたたび東京に戻って来ると、いつもは光り輝いている大都会が闇の中にすっぽり沈んでいた。

＊

震災から八年経った二〇一九年八月、ＪＲ常磐線で浪江町まで旅した。放射線量が高いために帰還困難区域とされている豊岡と浪江区間では、いまだ常磐線が復旧しておらず、代替バスが運行していた。バスの車窓からは、原発事故によってノーマンズランドと化した、かつての村の様子がはっきりとわかる。国道と交わる道路では、いたるところ入り口が封鎖され、警備員が監視していた。海岸の方角を見ると、福島第一原発の作業用クレーンが、まるで地面から突き出た甲殻類の細長い足のように、宙に向かって何本も伸びている。国道沿いには蕎麦屋、焼肉店、カラオケ屋の看板。崩落しかかった民家、伸び広がる雑草に埋もれて屋根だけになった家屋、墓石の倒れた墓場……。村全体が樹海に呑み込まれ、いまにも世界から消え去ってしまうかのようだった。

4 大潮《ラ・マール・マレ》の儀式

——二〇一七年四月四日の夕刻、ル・アーヴル大聖堂で朗読されたテクスト

パスカル・キニャール

十五世紀のこと、七人の漁師が住むグラースと呼ばれる村があった。

それはイグサに囲まれた小さな入江だった。潮の干満から小舟を守る小さな港を意味する、昔のことばでハバーと呼ばれた野生の浦だった。

時のフランス王フランソワ一世は、近在の島々におけるイギリス人の存在感とその脅威に不安を感じ、海軍用の港を建設しようともくろんだ。一五一七年二月七日、王はこう命を下す。「グラースは大西洋航海を行う船舶の入港に最適な場所である。余はそこに軍艦施設を建設する」

王の廷臣は二百五十人の男たちを調達し、つるはしとシャベル、バケツ、放下車で水路を掘らせた。

大海と渦巻くその波動に立ち向かうようにして、木製の埠頭が出来上がった。

埠頭の上に城塞がせり出した。

イグサに囲まれた湿地帯にふたつの塔がそそり立った。

こうして、聖母マリアとノートル＝ダム橋に捧げられた礼拝堂を中心として、小さな町が形づくられ

た。

　オック岬の先端からエーヴ岬の端にいたるまで、沿岸に立ち並んだ家はどれも、十世紀まで住んでいた先住民族のケルト人とフランク族を抹殺してそこに住み着いたノルマン人の様式に倣って、荒壁土と木組みで作られていた。


　一五二五年一月十五日、聖マウルス祭の日に巨大な波が起こり、海水が突然、溢れ始めた。真新しい町と職人たちの小屋を波が呑み込んだ。半数以上の住民が命を落とした。遺体は水にさらわれた。

　丸みを帯びた商船も、大型帆船も、ガレー船もみな、海水に覆われた町の上をゆらゆらと揺れながら、やがて断崖に突き当たって砕け散った。

　ニシン漁船二十八艘も音を立てて壊れ、折り重なるように積み重なってグラヴィルの城まで流れ着き、城の堀全体を埋め尽くした。


　アイスランドかノルウェーの島を渡ってきた戦士たちから伝えられたという、藁屋根の木造建築の姿を当時のままにとどめていたノートル＝ダム＝ド＝グラース大聖堂では、この日以来、年に一度の聖マウルスの記念日に、大潮の惨事を生き延びた人々によって一種の儀式が考案され、儀式は毎年、続けられた。彼らはそれを「大潮の儀式《ラ・マール・マレ》」と呼んだ。

　みな、静かに教会の腰掛けの上に乗る。

　藁椅子の上に乗って、静かに立つ。

　そして足元を水が流れ去るのを待つ。

　あの日の水の記憶が、身体の下に押し寄せる目に見えぬ波となって蘇るのを静かに見守り、波にさらわれた死者たちの魂に祈りを捧げる。

「大潮《マール・マレ》」とは、フランス語で不幸な波という意味だ。

日本語の津波は、飛翔する波、つまり命を奪い、家を略奪し、屋根を吹き飛ばし、人をさらい、船を運び去る波をあらわしている。

二〇一一年三月十一日、大地が揺れ、日本はマグニチュード九の地震に襲われた。続く二時四十六分には巨大津波が発生した。

一万五千八百九十四人が亡くなった。みな波に呑み込まれた。

太平洋沿岸の福島第一原子力発電所にも津波が押し寄せ、防護柵を乗り越えた。

東京電力の管理下にあった三つの原子炉は、瞬く間に統御不能となった。

日本古典文学史上もっとも偉大な詩人とされる松尾芭蕉は、かつて福島の浜を訪れ、春の喜びを詠った。

*

四十年来の友人である高橋啓氏は、今夜、ル・アーヴルに来ることが叶いませんでした。年老いた母親を放っておくことができなかったからです。ですが、わたしたちのために思い出を書き綴ってくれました。

（わたしは立ち上がる。そして、教会身廊に設置された座席の最前列の舞台下手側に座っている小川美

登里さんに向かって合図する）
高橋啓氏が寄稿してくださった文章を、わたしの友人である小川さんが日本語で朗読します。（彼女は舞台階段を登ってわたしに合流する。そして聖堂内陣の端に置かれた小さなベンチに腰を下ろす）
彼女の日本語朗読に合わせて、わたしはデボラ・ピエレ＝ワタナベさんによるフランス語訳を読み上げていきます。

熊本城の崩れ落ちた石垣

高橋啓

熊本城の石垣が崩れ落ちる映像をテレビで見ながら、五年前の東北大震災での、上空のヘリからの映像を思い出していた。沖合いからの巨大な波が沿岸を襲う。川を遡り、田畑を押し流し、家も樹木も、人も車も、町全体を根こそぎ掠っていく。
その町の名は閖上《ゆりあげ》、
川の名は名取川、
亡き妻が生まれ育った土地だった。妻の実家のあるその土地を、何度訪れたことだろう。初めて見る上空からの映像、だが、映し出されている小さな港町が閖上であり、津波が遡っていく川が名取川であることは、すぐにわかった。
巨大な津波の舌は、見る見るうちに沿岸一帯の土地を舐めていく。刻一刻と人家が破壊され、人が傷つき、命を落としているはずなのに、その映像はまるでアニメの一シーンのようにさえ見える。
震災からしばらくして、被災地となった閖上の地を踏んだ。この津波に呑まれてお義兄さんが帰らぬ人となっていた。町はまだ復興のめどが立たず、ただ漠とした土地が海に面しているだけ。かろうじて家の土台だけが残った実家の跡地まで案内された。ここが玄関、ここが勝手口……

　妻を二度失ったような気がした、とブログには書いた。しかし、本当にそうだったか。あまりに深い感情は、言葉の届かないところにある。地震がそうであるように、津波がそうであるように。

（わたしは立ち上がる。マイクスタンドからマイクを外して手に持つ。そして大聖堂外陣に座っている観客に向かって語りかける）

さあ、ここからがいわゆる儀式《パフォーマンス》です。

ゆっくり、あわてずに、みなで一緒に椅子や腰掛け《ベンチ》の上に乗りましょう。

音を立ててもかまいません。

時間がかかってもかまいません。

（わたしと小川さんに倣って、みな一斉に立ち上がる。

内陣にいる人も、外陣にいる人も、みなが椅子か腰掛け《ベンチ》の上に乗って直立する）

　再建されたこの由緒あるル＝アーヴル＝ド＝グラース大聖堂で、わたしたちは今夜、一五二五年一月十五日に始まったあの「大潮の儀式《ラ・マール・マレ》」を一晩だけ蘇らせ、二〇一一年三月十一日に津波に呑み込まれた福島県の犠牲者の方々を追悼しましょう。

しばらくの間、わたしたちの椅子の下を水と死者たちが流れゆくのを見守りましょう。


怒り狂う空。

怒り狂う海。

怒り狂う大地。

人類に対して自然が怒りの声を上げる、これが今日のテーマです。

自然の抱く遺恨はいまや無限となりました。

アジアの岸辺にある原子力発電所の汚染水が太平洋に注がれてからというもの、純潔な海は消えてしまったと言わねばなりません。

汚れなき大地などもうありません。

星々の輝く宇宙の彼方ですら、自由ではなくなりました。


(長い沈黙)


みなさん、儀式そのものはこれで終わりです。

それでは木の腰掛け《ベンチ》や藁椅子の上にそれぞれゆっくりと座り直してください。


(わたしは内陣の隅の腰掛け《ベンチ》に腰を下ろす。

観客もみな椅子や腰掛に座り直す。

外陣の舞台下手の席に小川さんは戻っていく。

わたしは舞台上手の席に座っている博多かおるさんに合図する。

彼女は立ち上がり、わたしに合流する。

内陣への階段を登ってやって来る）

ここで友人の博多かおるさんをご紹介します。

わたしたちは数年前に日本で二回、東京と京都で一緒にコンサートを開きました。


（舞台上手のヤマハのグランド・ピアノの前に博多さんは座る）


わたしたちはこれからピアノ作品を四曲演奏します。

まずは細川俊夫の『俳句。ブーレーズのために』を博多かおるさんが演奏します。

次いで、ヨハン・セバスティアン・バッハの『アルマンド』ハ短調をわたしが演奏します。ここで日本の友人たちのために一言、ドイツ語の「バッハ」は「小さな川」の意味だと付け加えさせてください。日本語の「小川」と同じ名前なのです。

声が震えてしまってすみません。感動しているせいなのです。

わたしはチェロ奏者ですが、今日はピアノを演奏します。

パンシャール先生のもと、わたしはここル・アーヴルでピアノを学びました。その後、丘の上の町サント＝アドレスで、マドモアゼル・リオウ先生に師事しました。一九五〇年代のことです。

今日、わたしたちをノートル＝ダム大聖堂に迎えてくださったのは、モラン神父です。わたし自身は、ル・アーヴルの男子校の礼拝堂で三年間ミサを務めました。礼拝堂はその後、取り壊されました。ル・

アーヴルを離れる前の一九五七年、取り壊しの様子をこの目で見ました。本当に悲しかった。

バッハの後、博多かおるさんが『怒り』と題された細川俊夫の素晴らしい曲を演奏します。細川氏は『海、静かな海』〔東日本大震災と原発事故後の福島を舞台にしたオペラ〕を昨年、ハンブルクで初演しました。

そして最後に、わたしたちは『さまよえる影たち』をそれぞれ演奏します。この作品は一七二六年、フランソワ・クープランによって書かれ、悪臭を放つ水の中、重々しい足取りで冥府を彷徨い続ける死者たちに捧げられました。

また、この曲は、盗人で浮浪児となった作曲家自身の息子の思い出にも捧げられています。

（わたしは内陣脇の小さな腰掛の上に原稿とマイクを置く。

そして、舞台上手のヤマハのグランド・ピアノに向かい合うようにして置かれた、舞台下手側のグランド・ピアノ「ステフェン・レ＝ポレロ」の前に腰掛ける。

時刻は午後八時三十分。日が暮れて夜が訪れようとしている。ル・アーヴルの古い大聖堂の中の明かりがひとつまたひとつと消されていく。

聖堂の内陣に設置されたピアノの前に腰掛けた博多さんとわたしは、譜面台の照明のかすかな光にぼんやりと照らされている。

夜を運んで来た厚い薄暮の中に外陣全体が沈んでいる。

細川俊夫、バッハ、細川、クープランの順に、わたしたちは四つの作品を交互に演奏する。

コンサートが終わり、暗闇の中、博多さんとわたしは立ち上がる。

もうすっかり夜になっている。

祭壇の前に置かれたふたつのピアノが触れ合う場所に二人は向かう。手を取り合い、観客に向かってお辞儀する。

そして内陣を取り囲む鉄柵の手前まで進む。そこで小川さんと合流する。内陣の階段の上から、観客に向かって最後に三人一緒にあいさつする。そこにいる見えない人々に向かって。夜に向かって）

5　ヨベルの聖年

パスカル・キニャール

かつて古代ユダヤ人の間では、五十年ごとの聖なる年に罪が恩赦され、借金が帳消しになるという慣習があった。この赦しの年はヘブライ語でヨベルと呼ばれた。奴隷たちはみな解放された。小作人が元地主の名を覚えていれば、一年のあいだ土地は地主の手に戻された。喜べ《ユビラテ》！　儀式のトランペットが奏でる歌とともに幸あらん！　喜べ《ユビラテ》！　ラテン語の喜び《ユビラチオ》の声は、雄羊の角を意味するヘブライ語のヨベイに由来する。キリスト教世界に渡ったユビルスという語は、魂の幸福を意味するハレルヤの最終母音である「ア」の音を使って歌われる母音唱法を指す言葉となった。キリスト教の僧にとって、ヨベルは魂の幸福《メンティス・エクシュルタチオ》である。俗世では、職務や任務、技術や鍛錬などを五十年間勤め上げた栄誉を讃える祝宴という意味で、ジュビエールという形容辞が使われた。

*

わたしの本を訳してくれた日本の友人と出版社が手を携えて、二〇一八年の春、作家生活五十周年を祝ってくれることになった。わたしは一九四八年生まれだ。最初の本を上梓したのは一九六八年だった。日本の大学の学年暦の都合で、五十周年記念である「ヨベルの夕べ」は、二〇一八年五月十六日に行われることになった。カトリック教の暦では、聖パスカルの祝日は五月十七日だ。なぜ長崎に行くことになったのかというと、翻訳者のひとりである小川美登里さんがマルグリット・デュラスの研究家でもあるからだ。八月六日の朝、広島港上空に投下されたウラニウム爆弾の犠牲者を悼んで、デュラスとエマニュエル・リヴァ、アラン・レネが捧げたあの驚くべき、稀に見る見事なオマージュは、やはりサン＝ブノワ通りのわたしの旧友のためにとっておくのがよいのではないか、そうわたしたち二人は考えたのだ。二〇一七年四月四日火曜日の夜、ル・アーヴル港のほとりで「大潮の儀式《ラ・マール・マレ》」を終えて大聖堂を出たとき、廃墟と記憶と虚無と夜とに捧げられたこの儀式の対となる何かを今度は日本で、長崎の港でやろうと決めたのだった。

　わたしたちは酒を酌み交わした。大いに飲んだ。マリアンヌ・クレヴィがいた。ミレイユとエベルハルト・グリュベール夫妻もいた。佐藤嘉幸氏と渡辺謙一氏もいた。マルティーヌ・サアダとコリーヌ・アトランもいた。みな一緒に、オスカー・ニーマイヤーが設計した図書館《ヴォルコン》脇にあるブラッスリーのテーブルについていた。わたしたちはそのとき、第二次世界大戦中、英米連合軍が投下した炸裂弾と焼夷弾で完全に焼き尽くされた、爆撃後のル・アーヴルの廃墟の不在を前にしていたのだ。

　航空券が予約された。だが、実際に航空券が届くと、わたしは不快感に襲われ始めた。『野いちご』というベルイマンの映画をみずから演じているような気がしてきたからだ。わたしは劇中でイサクと呼ばれるボルイ教授だった。つまり、死に首根っこを掴まれた男こそこのわたし、おそらくは死の瞬間に雄羊に取って代わられる男がわたしなのだ。映画の筋はいたって単純で、イサク・ボルイ教授がルンドの大聖堂で五十周年の名誉学位を受けるというものである。映画は夢の場面から始まる。馬がいななく。霊柩車から一台の棺が滑り落ちる。棺の蓋が持ち上がり、おろおろする医学教授に向かって片手が差し出される。彼に手を差し出したのは彼自身、すなわち死である。

教授に付き添うのは義理の娘マリアンヌだ。マリアンヌはイサク・ボルイよりずっと若く、崇高なまでに美しい。演じているのはイングリッド・チューリン。チューリン演ずるマリアンヌは車を運転している。イサク・ボルイ教授は無愛想な様子で隣に座っている。旅の最中ずっと、教授は夢想に浸り、幻想に抱かれつつ、みずからの人生を苦々しい思いで反芻する。これまで彼にもたらされたどんな名誉も、かつての患者たちから寄せられた親愛の情もみな、驚いたことに、彼が犯した過ちや辱めを隠したり、彼自身の欲求不満や吝嗇、罪悪感を拭い去ってくれるどころか、むしろ逆に、みずからの心の痛みに向き合わせ、犠牲の雄羊に対して人がするように、迫りくる死へと彼を引き渡す結果となる。

来るべき消滅の脅威と死の恐怖、足下に死が口を開くその深淵の内部に、ときとして、いやおそらくは常に、不可思議でまるで魔法にかかったように完全に神秘的な仕方で、かつてすべてが始まったときの快美な過去の郷愁が入り込んでくる。

この「過去」全体が奇妙にも、とはいっても自発的に、絶望を介して作り出されるわけだが、それは雲のように儚いものでしかない。世界が消えゆくその瞬間に、目に見える世界を包み込んでいる後光のようなものだ。

人生が終わるとき、人は幸福感に満ちあふれているのかもしれない。

イサク・ボルイを演じるヴィクトル・シェーストレムの表情は、感動を誘う。

その表情は老いさらばえ、おぼろげで、脆い。マルティン・ハイデガーを善良にしたような顔立ちだ。

驚くほど年老いた子供。老いたその顔は、六十年経ってようやく母親の性器から出てきたかのように皺くちゃのまま、まばらで剛毛な白髪をうなじに生やしている。

殻を破ったばかりの雛のように、彼の身体は震えている。あまりにもあっけなく森と闇の世界に旅立った幼い仔フクロウのビュブレが、殻を破って出てきたときのように。


映画の間じゅう、なぜ男の声はためらい続けるのだろうか。あんなにもくぐもった声で。あれではまるでふたたび風となった息ではないか。

弱々しく吐き出されたその声は空に漂い、消失し、震え、ためらう。

彼が死ぬのは明らかだ。

白いスクリーン上に、彼の頭部が黒く浮き上がる。

だが、実際には、最初の世界の闇の中に彼は戻っていくのだ。

あらゆる夢がそうであるように。

あらゆるオペラがそうであるように。

あらゆる戯曲がそうであるように。

この世に戻ってくるために、誰もが夜の奥に呑み込まれていく。


子供のようなその老人は、最初の映像が現れるやいなや、こんなふうに語り始める。

「夜の終わりに、わたしは奇妙な夢を見た」

人生の終わりになって、彼は幸福だったかつての自分の姿や、子供時代の自分、今は亡き父の姿に導かれるようにして、この世を去っていく。

対岸の幸福の岸に佇んだ両親は、彼に向かって合図する。彼らは二人一緒でいることに、この上ない幸せを感じているようだ。互いに愛し合っているようにみえる。彼は原風景に吸い寄せられる。

その後、壁づたいの柵の周囲をめぐる、荒れて打ち捨てられた場所を、彼は彷徨っている。幼年時代を過ごした家の荒れた庭に足を踏み入れる。野いちごの森に立ち入っていく。そしてこう言うのだ。

「土手やぬかるみの上で過ごす息も絶え絶えのわたしの人生、驕慢でうんざりするようなその人生の虚しい映像に、幼年期の思い出の放つ鮮明な映像がいまや取って代わった」

ルンドの大聖堂で行われる五十周年式典に向けて車のハンドルを黙々と握り続ける美しいイングリッド・チューリン（マルグリット・デュラスが着想した映画『ヒロシマ・モナムール』で、岡田英次に恋するエマニュエル・リヴァよりもずっと美しい）は、教授に対して冷淡にこう答える。

「お義父さま、あなたはいつだって死んでいましたわ。わたしの夫であるあなたの息子のように、あなたは生きた死人でした。あなたがたはどちらも死者です。あなたの息子がわたしを抱擁したのは暗闇の中だけでした」

6　イングマール・ベルイマンの母

パスカル・キニャール

彼がまだほんの幼な子、存在する生物の中で一番小さい生き物だったとき、つまり彼が生まれたその日からという意味だが、イングマール・ベルイマンの母親は彼の死を願った。彼女はそのことを日記に書きつけた。だが、それも無駄だった。子どもは生き延びたからだ。不幸だったとはいえ、彼は生き延びた。のちに、彼女は息子に日記を読ませた。彼の心は抵抗した。一生を通じて、彼はやっとの思いで生き延びた。嘔吐や下痢に襲われ、絶望し、病に侵されながらも、死の誘惑や、世界のどこかにこの身を葬り去りたいという思いを封じて、なんとか生き延びた。

あらゆる母親のうちにメディアの残滓が宿っている――それはありうることだ。子を産むことで死ぬ女性、母親になりながら死ぬ女性のことだ。アメリカの覇権にもメディア的なものがたしかに宿っていた。みずからの暴力を行使するための儀式に宿る凶悪な狂気と突飛な修辞がそれだ。それがケルンの街に対してなされたものだし、ル・アーヴル

料金受取人払郵便

郵便はがき

223-8790

綱島郵便局
承認
2035

差出有効期間
2022年12月
31日まで
（切手不要）

神奈川県横浜市港北区新吉田東
1-77-17

水声社 行

御氏名（ふりがな）	性別 男・女	年齢 才
御住所（郵便番号）		
御職業	御専攻	
御購読の新聞・雑誌等		
御買上書店名	書店	県 市 区　町

読　　者　　カ　　ー　　ド

ぉ求めの本のタイトル

ぉ求めの動機

. 新聞・雑誌等の広告をみて（掲載紙誌名　　　　　　　　　　　　）

. 書評を読んで（掲載紙誌名　　　　　　　　　　　　）

. 書店で実物をみて　　　　　4. 人にすすめられて

. ダイレクトメールを読んで　　　　　6. その他（　　　　　　　　　）

本書についてのご感想（内容、造本等）、編集部へのご意見、ご希望等

注文書（ご注文いただく場合のみ、書名と冊数をご記入下さい）

[書名]	[冊数]
	冊
	冊
	冊
	冊

の街に対してなされたものでもあった。広島や長崎に対してなされたものでもあった。それは一種の錯乱だった。最初の爆弾は「少年《リトル・ボーイ》」と呼ばれた。投下された二つ目の爆弾の名は「偉大な芸術家《グレート・アーティスト》」だった。

粉砕した爆弾が大地に残した亀裂の中でわたしはよちよち歩きを始めた。廃墟の中の学校で書くことを学んだ。わたしが生きた痕跡はどこにも残っていない。幼年期を過ごしたアルデンヌ地方の森の奥の村にも。英仏海峡に面した子供時代の港にも。かつて教鞭をとったヴァンセンヌの大学にも。

雑草の生い茂る、打ち捨てられた庭さえも。

野いちごのなる小さな林さえも。


何もない。何も残っていない。

そこにないものについて、どうして語ることなどできるだろう。


フォーレ島で、寒さとともに暮らすベルイマン。

眼前にはバルト海の激しさと風だけ。

桁外れの強風が吹きつける中、野生の花ですらまっすぐ生長することができず、風になぎ倒されて傾く、そんな小さな島。

灰色の光を運ぶ突風の中で迷子になった島。


いつの冬だったか、雪景色のストックホルムでのこと、ホテルのわたしの部屋まで大使が迎えに来た。わたしたちは大使館の壁に沿って黙って歩いた。二人の口からは真っ白な息が霧のようにこぼれていた。

大使は教会の扉を開くと、内陣の階段に跪いて祈りを捧げている一人の男を指さした。床にかがみ込んで死にたまいし彼らの神を口に含んで聖体を拝受している信徒たちの背後で、金メッキの柵に両手を置いているその人こそ、イングマール・ベルイマンだった。ストックホルム滞在時には、彼は毎日、フランス大使館内の古いカトリック教会に通っていた。おそらく同郷人から離れてひとりになるために来ていたのだろう。

沈黙するために。

手を合わせるために。

フォーレ島で一緒に仕事をしたとき、友人のラッセ・バーリストラムに向かって、イングマール・ベルイマンはこう説明したという。記憶をどんなにたどってみても、『野いちご』撮影時の記憶は一切ないし、一九五七年八月に起こった出来事についても何ひとつ覚えていない。

当時、彼は精神病院の病室を出たばかりだったのだが、何事もなかったかのように映画を撮影し、ヴィクトル・シェーストレムが体を震わせて演技するのを見守っていた。そして、八月の終わりには病室に戻り、そこで休養を取り、薬漬けとなり、恥と恐怖で死にそうないつもの状態に戻ったという。

つまり、このふたつの病室のあいだには何もなかったというわけだ。

一九五七年八月の終わりといえば、わたし自身はショー村からすでに戻っていて、ル・アーヴルのベルナルダン・ド・サン゠ピエール通りにいたわけだが、母親が怖くて、まるで前後に揺れるブランコのように不安定な精神状態だった。わたしが生まれたのはヴェルヌイユ゠シュル゠アーヴルにある、イトン川沿いの古い一軒家で、玄関を開けると真正面に聖ヨハネ教会が見えたが、その教会は当時、イギリス軍機の爆撃を受けたばかりだった。わたしが生まれたあとすぐ、父はル・アーヴルの男子校の教員に任命された。フランソワ一世高校《リセ》は、爆撃で廃墟と化していた。みな仮小屋で授業していた。こうして八年間を過ごすことになったル・アーヴルでは、建築技師たちが港を再建し、人々が新しい都市像を思い描けるようになるまで、つまりは湿地を乾燥させ、セメント杭で大地を底上げし、純白の未来都市めいたものを創設するまでにきっちり七年かかった。

とはいえ、町が新しくできるまでのわたしの記憶といえば、旧市街の崩れた壁に突風となって打ち付ける風の思い出だけだ。

空中に漂う壁紙の切れ端、雨、ヨウ素やアンティフェール港の重油の匂い、満潮時の海の波しぶき、それらを今でも覚えている。そこは一本の木もなく、頭上を照らす街灯の光すらない、ただの貧民窟だった。一輪の花すらない。泥土に生えるイラクサすらなかった。

野いちごすらない。

スグリの実も、小さな黄水仙すらなかった。

車道も街道もないため、自動車一台通らなかった。そこにいたのは、住民と同じだけ飢えたカモメの群れとネズミの集団だけだった。人々は瓦礫の山から別の瓦礫の山へ、バラック小屋から別のバラック小屋へ、地下倉庫から納屋へ、トタン張りの家から倒れそうなテント小屋へと渡り歩いていた。アメリカ軍が投下した爆弾の跡には奇妙な窪地、潮の満ち引きが浜を削ってできる海の窪地ができていた。七月の間じゅうずっと、そして八月十五日の被昇天祭まで、わたしたちは祖父の故郷のショー村で夏休みを過ごした。ベルギーとの国境沿い、ムーズ川の紆曲部に位置するこの村には、相次いで二基の原子炉が建設された。千二百年ものあいだ暮らした土地から、わたしたち一族は立ち去らねばならなくなった。大学生活の最後にサン＝ジェルマン＝アン＝レにある第一軍管区参謀部で兵役を勤めたあと、わたしはヴァンセンヌ大学で二年間教鞭を取った。その大学――ラカンやフーコー、ドゥルーズがかつて教鞭を取り、わたし自身はオウィディウスやクレティアン・ド・トロワ、ヘラクレイトス、セーヴ、モンテーニュについて講義した場所――はその後、取り壊された。共和国大統領の命によって、大学跡の敷地は耕作地となったが、それは不届きな大学の痕跡を消し去り、その記憶を抹殺するためだった。古代ローマ人がカルタゴでそうしたように、その跡地にもおそらく塩が撒かれたのだろう。ルイ十四世の廷臣たちがポール＝ロワイヤル・デ・シャンでそうしたように、死者が掘り起こされたのかもしれない。あとに残されたのは見事な森、野生というよりは野生に戻った森、真新しく、眼を見張るほど風変わりで、不可解で、鳥たちで溢れかえった生き生きした森だけだった。

7　書物たち、亡霊たち

パスカル・キニャール

人の魂が見る悪夢の中に今なお留まり続ける恐怖を生み出した第一次世界大戦の塹壕、強制収容所、そして一九四五年八月の原爆投下——、これらから直接抜け出たように桁外れで、あいまいで、非現実的な妄想のことを、ジャン・ボードリヤールは「亡霊的なものの覇権《ヘゲモニー》」と名付けた。毒ガスを吸い込み、炉で焼かれ、放射能を浴びた亡霊たちの大民族が、いまやこの世界に取り憑いている。人々がかつて歴史と呼んだ構築物はもはや方向性を失い、崩壊した。そして時間を解体する新たな時間——身体のイメージも世界のイメージもたない病理的な時間——が到来し、古き地球ガイアの大地を揺らし、粉砕しようとしている。ブナの林の奥に隠れた火葬場の影。港や、鉄板の埠頭、アーチを描く小さな橋、そして転覆した小舟の上空に立ち昇るふたつの奇妙な「キノコ雲」の突然のフラッシュ。

人類よりも古くから存在していた風景を撃破する空中戦。そこには文学に関係づけられる何かがある。雲を映し出すあの影のように、文学もまた、破壊から生み出された目も眩むような道程だったからだ。暗い道《ウィア・オブスクラ》。

失われた女《ひと》を取り戻そうとして、吟遊詩人オルフェウスが下り、そして上った冥府へ続く不思議な道。

暗く《オブスクルス》、険しく《アルドウス》、深い暗闇《デンスス・オパカ》に支配された……

恋人たちの瞳はくらんだ《フレクシット・オクロス・アマンス》……

ときとして人を生まれ変わらせるほどの眩暈を最初に感じたとき、恋人たちの目はくらんだ。それは、彼らの身体がのけぞるにつれてひとりでに閉じられる巻物のようだった。二人の身体が離れては出会い、しがみつこうとすると互いに見失われた。


日本の能では、生者と死者を分かつ川に架かる懸け橋を幽霊《ルヴナン》たちが渡って戻ってくる《ルヴナンス》。

ギリシアの神話も同じように、回帰つまり帰郷《ノストイ》の物語だ。危険に満ちた海で表現される天空神のイメージの回帰。大河の水源での湧出。往路と帰路がたやすく一致しない後退。オデュッセウスも苦労の末に帰還した。イアソンも帰るのに手こずった。こうした亡霊たちを想起するために使われた言葉はネクイア、つまり死者の国への冥府下りだった。

遭難したオデュッセウスがついにイタケの地を踏んだときですら、それが生まれ故郷の島だと気づかなかった。だから、戻るやいなや、彼はふたたび出立したのだ。

眠り込んだ頭上に崩れ落ちてきた自分の船の船体の下敷きとなって、イアソンは命を落とした。死者の世界を滅ぼす使命をみずからに与えたギルガメシュ王は、世界の果てをさまよい続けた。


黒い島に残ったランスロットの最期についても、知る者はいない。

長崎の原爆記念館。

沈黙が大きすぎる。

歴史を覆い尽くした一番暗い夜を想起するには明るすぎる。

儀式が足りない！

どんな起源であれ、それが回帰するために必要な聖なる典礼と祭列が、残酷なまでに欠如しているのだ。

だが、それ以上に足りないのは、回帰を物語る神話の前提と序と冒頭だ。

たとえそうであったとしても、こうした償いの慣習やそれを見守る神々の存在を、いったい誰がいまだに信じているというのだろう。

しかし、死者の魂たち、そう、影の世界の奥底に残るかすかな記憶と化した魂にとってみれば、彼らの身体が生前ずっと、あれほど律儀に守り続けてきた儀式をわれわれが見捨ててしまったとは、想像にもおよばないだろう。そうした儀式に則って町とその周辺を行列が練り歩き、彼らの詩歌が作られることで、彼らの永続とまでは言わずとも、少なくともかつて暮らした世界での魂の存在を永遠のものにしてくれるはずだったその神話がもう見捨てられてしまったとは……

もし一番古参の死者、もっとも古株の先祖がこの世に立ち戻り、かつての慣例をなにひとつ見出すことができなかったなら、きっと絶望にうちひしがれることだろう。

だからこそ、たとえ先祖たちが畏れていた神々がもはや信じられていなくとも、祖先に幸せになってもらうためには、昔と同じように振る舞う必要があるのではないだろうか。

先祖たちが感じていた畏怖や、彼らが慣れ親しんだ呪術の習慣をわれわれ自身は完全に失ってしまったとしても、彼らが抱く不安を追い払い、その魂を鎮めるべきではないだろうか。

死と隣接する場所を舞台に、三人の人物によって演じられるアイスキュロス風の悲劇が能である。まずは詩人（たいていの場合は祓魔師か仏教僧）。次に、帰還の物語にリズムを与え、役者の足取りに寄り添い、神がかりな興奮状態《トランス》での旋回を助ける楽師。最後に、すこぶる緩慢な動きの中から現れ出る踊り手。踊り手は常に幽霊その人をあらわしている。それはときに豪奢な衣装を身に纏い、仮面をつけ、呼吸をしてはいるものの、低くて弱々しく、半ば圧迫されたような息づかいの寡黙な身体、ふたつの世界のあいだをさまよう悪魔《デーモン》、けだもの、姫君、武者、神、鳥である。

長崎のコンサート・ホールでは、ロシア皇帝《ツァーリ》相手に戦ったあのかつての戦争以前に遡る古いベヒシュタイン製のグランド・ピアノがわたしに与えられた。楽器の大きな胴体から放たれた音は、くすんで、謎めいていて、気高い響きだった。

博多かおるさんは、すらりと長くて素晴らしいヤマハ製のピアノの前に座っていた。

わたしたちはそれぞれ黒い小舟に乗り、互いに向き合っていた。

海につながる美しい湾を正面に見ながら、わたしたちは長崎の路面電車に乗り込み、五十周年の夕べのリハーサルのために大学へと向かった。

直通の電車。

パステル・カラーに塗り直された、鋼板の古い小さな車両だった。

ペール・ローズ、ヤグルマギクのブルー、キンポウゲのイエロー。

みな、原爆投下以前からある車両だ。

一九九八年の春、五十歳の誕生日の当日、たまたまサンスの庭にいたわたしは、一九九八年四月二十二日付の『クーリエ・アンテルナショナル』誌に掲載された一本の記事を読んだ。それは、「月刊誌」という名のストックホルムの雑誌に載ったニルス・ペッター・スンドグレンの記事だったが、そこに掲載されていた対談はわたしを幸福な気分にしてくれた。先だってフランソワ・ミッテラン大統領から授与されたレジオン・ドヌール勲章について、ベルイマン自身が語っていたのだ。エリゼ宮での記念式典を終えると、彼はすぐさま飛行機と船を乗り継いだ。そしてひとりフォーレ島に戻った。最後の妻の死から立ち直ることができず、彼は喪に服し、不安に苛まれていた。彼はこう語っていた。「たくさんの音楽を聴いています。毎日、午後になると、私用に改修した小さなホールで、ストックホルムから取り寄せた映画を観ます。目下のお気に入りは『めぐりあう朝』という作品です〔一九九一年にフランスで公開された『めぐりあう朝』の原作者はキニャール〕。規則正しい生活をするためにスケジュールを立て、朝から晩まで細心綿密に実行しています。イングリッドが死んでからは睡眠薬を服用するようになりました。夜中の三時に目が覚めるとバリウムを飲みます。今はスウェーデンボルグを読んでいます。ヴィトゲンシュタインを読んでみましたが、まったく理解できませんでした」

この世の岸辺ではすべてが灰に覆われている。ヴェスビオ火山は噴火し、ふたつに引き裂かれた山頂は、ナポリ湾上空で二倍の大きさに膨らんだ。ヴェスビオ火山の噴火は止まらない。大プリニウスの身体が岸辺へと吹き飛ばされる。その身体は落下を続ける。大柄の体躯から咳がこぼれ出る。唾を吐いてはみるものの、ミセヌムの海軍大将の恰幅の良いその身体は、少しずつ灰に埋まっていく。トーガのすそを引っ張り上げ、口を覆って呼吸しようと試みる。彼は息をしようとして、息絶えた。トーガの襞に顔を埋めたまま、老境の文人は窒息した。彼のトーガですら、荒廃したこの世の岸辺に止まず降りかかる火山灰から彼を守ることはできなかった。

自然が差しむけるのは、もはや災害でもなければ苦難でもない。
人類に対する罪ですらない。
生に対する罪だ。

架け橋が崩落したのだ。

西洋《オクシダン》、西方《アベントラント》、
太陽の沈む国、
絶えず夜に侵略される民族、
大地に死者が誕生して以来、あらゆる死者たちが逗留した闇の世界、
彼らの魂を操ることばの最初の記号が刻まれた洞窟や洞穴、聖域。
それはゆらめく薄闇の中で、震える松明の明かりをたよりに、消えた熾火の煤で最初のイメージが影絵のように象られた場所。

8 東京

小川美登里

一、フィリア

うららかな空気の中にわずかに湿気を帯びた熱気が混じり込んだ五月中旬、パリからの待ちに待った飛行機が到着した。二〇一八年五月十日の夕刻、パスカル・キニャールが五年ぶりに来日したのだ。今回は、キニャールの代表作とされる未完の連作『最後の王国』の編集者で、映像制作者でもあるマルティーヌ・サアダ氏と、キニャール研究の第一人者ミレイユ・カール゠グリュベール氏と夫のエベルハルト・グリュベール氏も一緒だ。作家の来日はわたしの知るかぎり四度目で、初来日は一九八九年七月(小説『アルブキウス』の序文はこのとき、皇居の庭で執筆された)、次いで、『メディア』上演のために暗黒舞踏家のカルロッタ池田、音楽家アラン・マエとともに来日した、東日本大震災から半年後の二〇一一年十月、最後の来日は国際シンポジウム「パスカル・キニャール、文学の東方」に参加した二〇一三年十一月に遡る。このシンポジウム終了後に、小説家、批評家、評論家のみならず、傑出したストーリー・テラーでもある作家の多彩な魅力を日本の読者に紹介したいという思いが募り、キニャールの愛読者でもあった研究者たちが有志となり、水声社の協力を得て〈パスカル・キニャール・コレクション〉を企画することとなった。本国フランスでは作家としてすでに揺るぎない地位を獲得し、八十以上の著作を世に送り出している実績に比して、日本で紹介された作品数が圧倒的に少ない状況に心残りな気もしていた。その後〈コレクション〉の企画は実を結び、二〇一六年十二月から刊行が始まった(現在、『最後の王国』シリーズに加えて、小説、短編集、芸術論を含む十巻が既刊)。〈パスカル・キニャール・コレクション〉刊行の朗報を作家に伝えると、七十歳の記念と作家五十周年を日本の翻訳者たちと一緒に祝いたいと提案してくれた。こうして今回の来日が実現した。一週間という限られた滞在期間の中で、東京では三つのイベント、東京大学での「対話」と日仏会館での「シンポジウム」、そしてフランス大使館の「夕べ」が準備された。いずれも邂逅と友情、そして信頼に彩られた出会いとなるはずだ。

仏文学者の桑田光平氏が企画した最初の出会いは、五月十二日午後、東京大学駒場キャンパスで行われた。イベントは「パスカル・キニャールとの対話」と名付けられ、「古典」、「書くこと《エクリチュール》」、「パフォーマンス」、「音楽」、「イメージあるいは歴史」という五つのテーマをめぐって、各分野を代表する研究者がキニャール作品を論じ、それにキニャール本人が応答するという趣向だった。「古典」は西洋古典文学者で、〈パスカル・キニャール・コレクション〉の古典語監修者でもある日向太郎氏と、日本文学者の田村隆氏、「パフォーマンス」は演劇研究家のパトリック・ドゥヴォス氏と主催者の桑田光平氏、「音楽」は音楽学者の長木誠司氏と批評家の小沼純一氏、「イメージあるいは歴史」では思想史学者の田中純氏が、それぞれ独自の視点からキニャール作品に鋭く切り込んだ。学者たちの大胆で鋭い読解をとおして、キニャール作品を中心とする人文学の新たな布置があたかも目の前で作り直されていくような、スリリングで濃密な時間にわたしたち観客はただただ魅了された。

彼らの問いかけに対するキニャールの応答もまた、熱を帯びたものとなった。登壇者が話し終えると、それまで熱心に耳を傾けていた作家は、微笑みながら対話者に黙礼の合図を送り、一語一語ことばを選ぶように、静かに、ゆっくりと話し始めた。そして登壇者と企画者の歓待に応えるべく、書き上げて間もないという文章を最後に披露した。『ビュブレ』と題されたその文章は、女優マリー・ヴィアルとともに舞台『暗闇の岸辺』に出演していたメンフクロウに捧げられたものだ。まだ雛鳥だった野禽ビュブレに作家みずからが餌付けし、半年以上もの時間をともに過ごしてから同じ舞台に立ったという。（『暗闇の岸辺』では、キニャール／ヴィアルのカップルに呼応するかのように、昼行性のカラスと夜行性のメンフクロウが登場し、代わる代わる二人の俳優の手や肩に乗り、舞台を歩き回った。ビュブレは夜を象徴する生物として登場した。）ところが、舞台仲間だったビュブレはあるとき森の中で野禽に食い殺されてしまう。早すぎる、そして突然の友の死への断ち切れない想いが、朗読する作家の震える声音から十分に伝わってきた。だが、それ以上に印象的だったのは、愛する者の死の経験から生まれた、生と死を取り巻く不可知の夜（夜行動物としてのビュブレ自身も分かち持っていたはずの夜）への深い畏敬の念が綴られていたことだ。不思議な因縁とでも言おうか、キニャールがビュブレへのオマージュを朗読した駒場は、江戸時代に幕府の鷹狩場が置かれた場所でもある。将軍たちの狩りを率いた鷹たちの霊が、この日、ビュブレの魂をはるか遠くから招き寄せたのだろうか。

「パスカル・キニャールとの対話」には、小説家の磯崎憲一郎氏と青山七恵氏も特別ゲストとして招かれていた。二人は「書くこと《エクリチュール》」と題されたセッションで、それぞれにキニャール作品への愛情を語った。これまでも文芸批評などで折に触れてキニャールを紹介してきたことからも分かるとおり、磯崎氏は卓越したキニャールの読み手だ。一方の青山氏は、なんと前回のキニャール来日の際、シンポジウム後のサイン会で本人と短い言葉を交わしたそうだ。待望のこの出会いについては、二〇一八年五月三十日付の新聞記事で、次のように報じられている。「接続詞が極端に少なく、文章がごつごつ進む感じが格好いいと磯崎氏が伝えると、キニャールは野生の鹿が猟犬に追われて逃げるとき、どこに行ったかわからないようにすっと先へと飛ぶ、となぞかけのような答え。自分の進む道を超えて飛ばなければいけない、と語った」。一方の青山氏は「キニャール作品は家と家族がつながっていない。家は個人の幸せを追求する場所として描かれている点」に惹かれたと述べた。たしかに日本語では「家」と「家族」、「家庭」のすべてに同じ漢字が使われるが、フランス語の「家《メゾン》」と「家族《ファミーユ》」は同じ語源にすら属していない。わたしたちの思考や生き方に言語が大きく関わる事実を示した青山氏の指摘には、おおいに納得させられた。その青山氏の指摘にキニャールはこう切り返した。「わたしは三つの家を持っています。小説を書くための家と音楽のための家、そして幸せになるための家です」

翌五月十三日には、東京日仏会館で国際シンポジウム「旅、ことばからことばへ——パスカル・キニャールと文学のアトリエ」が開催された（主催の日本フランス語フランス文学会および日仏会館・フランス国立日本研究所のセシル坂井氏には、この場を借りて謝意を示したい）。国内外の専門家による研究発表で構成された午前の部は、キニャール作品の主要テーマのひとつである「猥雑なもの」をめぐる桑田光平氏の発表で幕を開いた。続く千葉文夫氏の発表は、一九七九年に発表された小説『カリュス』を例に、小説を構築する並置表現《パラタックス》の手法を論じたものだった（短いフレーズを繋いで断章となり、その断章の集積が最終的に小説となるこのパラタックスの手法は、作家が自家薬籠中とするもののひとつである）。ミレイユ・カール＝グリュベール氏は、二〇一七年のエッセー『幸福な一日』を変奏しながら、エクリチュールの運動と呼応する天体的時間を想起した。最後に、キニャール作品を包み込む不思議な沈黙をめぐって筆者が発表した。

研究発表のあと、シンポジウムの主役キニャールが登壇した。社交辞令もその場限りの演説も一切行わないというみずからの流儀にしたがい、この日は連作『最後の王国』の最新巻（第十巻）『インゴルシュタットの子ども』からの抜粋が朗読された〔その後、二〇二〇年には第十一巻『三文字の人間』が刊行された〕。このミステリアスなタイトルは、一八一九年にグリム兄弟が発表した童話『がんこな子ども』に由来している。母親の言いつけを一切聞かないがんこな子どもに、ある日、神命が下る。子どもは病気になって死に、埋葬される。ところが、埋葬した土の下から子どもの腕が飛び出してくる。土中に何度埋めても、しつこく飛び出てくる。ついに母親を呼びに遣ると、母親はい草の鞭を手に墓にやってきた。母親が子どもの腕を鞭打つと、腕はやっとおとなしく引っ込んだという不思議な童話だ。キニャールによれば、『がんこな子ども』は、ハンス・ザックス〔ワーグナーの『ニュルンベルクのマイスタージンガー』のモデルとされる中世の詩人〕が一五二二年に発表した民間伝承詩『インゴルシュタットの少年』を下敷きにして書かれた。ザックスの物語では、少年が母親を打擲する。しかし、母親は生き残り、その代わりに少年が死ぬ。その後、グリム童話と同じように、埋葬されたはずの少年の腕が土の中から出てくる。母親が少年の腕を思い切り打ち続けると、血まみれの腕はやっと土の中に戻ったという物語だ。一般にいう童話とは異なり、分かりやすい道徳も教訓もなく、それどころか不気味な不条理さすら漂わせるグリム兄弟によるこの童話の源泉をキニャールがさらにたどったのは、物語の核となる場面の生の状態に少しでも近づこうという目論見があってのことだろう。事実、ザックス版では主人公が少年であり、母親への打擲、血まみれの復讐、死など、残酷さがより際立つうえに、物語の背後にある近親相姦と欲望のテーマが透けてみえる。ザックスとグリム両方の異本に共通する、土から飛び出す腕のイメージは、キニャールによると「死よりも強固ながんこさ」の象徴である。言語に回収されることのないこの「がんこさ」こそ、あらゆる芸術の源泉でもあり、死の極限を超えて生者と死者をつなぐものでもあるという。

キニャールの朗読のあと、午前の司会を務めた作家ミカエル・フェリエ氏と聴衆を交えて、活発なやりとりが行われた。

シンポジウム午後のプログラムは、「翻訳すること」、「出版すること」と名付けられたふたつのパネル・ディスカッションから始まった。現代の文学をどう読者に届けるかについて対話の場を設けることが、そもそも本シンポジウムの眼目のひとつでもあったからだ。外国語で執筆された作品の場合、原作は必然的に翻訳者の手を経ることになる。ここで言う翻訳者とはむろん、透明な媒体でもなければましてや自動翻訳機械でもなく、あくまでも生身の人間、経験豊かな個人のことだ。翻訳者の実体験と感性が作品と共鳴し、ときに対立することによって、原作は新たな作品として生まれ変わる。そのとき、翻訳者は作品の一部として、作品鑑賞やその理解、ひいては評価におけるまで必要不可欠な要素となるのである。パネル・ディスカッション「翻訳すること」の登壇者は、それぞれの興味や関心からキニャール作品の翻訳に携わった〈パスカル・キニャール・コレクション〉の翻訳者たちだ。壇上で翻訳や文学について語った大池惣太郎氏、堀切克洋氏、村中由美子氏、パトリック・ドゥヴォス氏ら発表者とキニャールとのあいだには、目には見えずともたしかな連帯が生じていたに違いない。

続くパネル・ディスカッション「出版すること」では、フランスの大手出版社グラッセ社の編集者マルティーヌ・サアダ氏と、水声社の編集者で〈パスカル・キニャール・コレクション〉の立役者のひとりでもある神社美江氏が登壇した。フランスと日本各国の出版界、とりわけ文芸書をめぐる諸事情やジャンルの相違（自国文学か外国文学か）は別としても、現代作家の手がける純文学作品とその魅力をどう伝えるかという問題に同じく直面しているという点で、両氏の対談は興味深いものだった。『最後の王国』シリーズ刊行元の文芸叢書で責任編集を務めるサアダ氏は、未完の連作というスタイルがゆえに全体像を見通すことの難しい書物をプロデュースし、それを読者に届けるまでの道のりの険しさに触れた一方で、現在流通している書物の形態が必ずしもスタンダードではなく、唯一の基準でもないと主張した。その発言からは、編集者としての作家への絶大な信頼が感じ取られた。なにしろサアダ氏は、どの出版社も原稿を拒否したいわくつきのキニャール作品『小論集』全八巻を刊行した張本人なのだ（パネル・ディスカッションではそのエピソードも披露された）。そのときの氏の判断と審美眼の真否は、いまや昇竜の勢いで活躍する作家の姿を見ればいうまでもないだろう。

一方の神社氏は、従来の編集や出版の仕事に加えて、情報が多様化する現代社会固有の状況に適した本の作り方を論じた。作品を個別に出版するよりも、叢書やコレクションの形で出版した方が読者に届きやすいことや、読者との近さを作り出すために必要な工夫など、示唆に富んだ提案がなされた。キニャール自身が登壇することはなかったが、彼もまた、筆一本で身を立てる決心をするまで、文芸出版では超一流とされるガリマール社で長年、原稿審査委員長を務めていたのだ。出版界の裏まで知り尽くしたキニャールだからこそ、同時代の流行や潮流とあえて距離を取り、信頼できる編集者と真摯に向き合って仕事をするというスタイルを貫いているのかもしれない。

シンポジウムの最後を飾ったのは、作家の堀江敏幸氏とキニャールの対談だった。堀江氏の作品はフランスでも紹介され、すでに多くの読者を獲得している。また、フランス文学者でもある堀江氏は、翻訳では伝わりにくい原書の特徴（キニャール作品の場合、フランス語を基本としながらも、実にさまざまな言語が交差し、相互に影響し合いながら独自の物語世界を作り上げている）まで熟知して作品を鑑賞しているはずだ。互いの作品を読んだ上で臨んだ対談は、始終和やかな雰囲気の中で行われたが、ときおりどきっとするほど鋭利な指摘や発言もあった。司会を務めた桑田光平氏は、雑誌『すばる』への寄稿文の中で、「断章形式のキニャールの作品を読むと、時折、ページの間から血が吹き出るような印象を持つ」と語った堀江氏の言葉をとくに印象に残った発言として挙げている。滑らかで透明な文体で印象的な作品を書き続ける堀江氏らしい発言であり、二人の作家の個性を際立たせる対談となった。

シンポジウムはサプライズで幕を閉じた。今回の来日に当たり、キニャールは日本の友人たちに向けてプレゼントを準備してくれていたのだ。それはある意味、ことばのやりとりに終始した一日の疲れを癒すささやかな音楽の捧げ物でもあった。シンポジウムの企画が決まった時点で、ミニ・リサイタルを開きたいという提案がキニャールからなされた。そのとき、『メディア』の音楽でも使われていた琴を習っていたことがあると伝えると、平調子（琴の一般的な調弦）という、日本独自の音階のひとつを使ってあっという間に曲を作り、そこに自作の詩を添えてくれた。ピアノと琴、歌による三重奏『岸辺の歌』がこうして完成した。ピアニストでもある博多かおるさんが歌、キニャールがピアノ、わたしが琴を担当して本番に臨んだ。そうはいっても、リハーサルをしたのは本番前日の二時間だけで、三人の呼吸と音を合わせる程度で本番を迎えることとなった。短いリハーサルの間、こんなふうに曲を解説してくれたのを覚えている。ピアノは嵐の音、声は岸辺をさまよう、琴は死者たちの世界だ、と。交わることのない三つの場所、三つの異界を描く『岸辺の歌』は、キニャール文学そのものでもあるように思われる。社会という集団から離れて、存在の淵に独り立つ人物。眼下を流れる奔流に眩暈を感じながらも、対岸に向かって呼びかけ続ける孤高の人。キニャール文学は人間世界だけで完結していない。向こう岸に沈む闇の世界もまた、同じように人間存在の一部なのだと『岸辺の歌』は歌う。

会場では、堀江氏との対談後、会場を完全に閉め切って音合わせが行われた。それは、ホールの扉がふたたび開いたときに、先ほどとは別世界に来たという印象を観客に持ってもらうための魔法でもあった。ホールがふたたび満場になると会場が消灯し、空間全体が暗く沈んだ。そして舞台上で『岸辺の歌』の歌詞がフランス語と日本語で朗読され、三重奏が始まった。嵐を起こすピアノの調べと、死者の声を運ぶ琴の音。そのあいだを糸のようにか細く、消え入りそうに透明な声が、まるで岸辺を彷徨うかのように歌う。果たして会場の人々は『岸辺の歌』をどんなふうに聴いただろう。喪失を嘆く哀歌、それとも滅びと再生と流転の歌としてだろうか……

夢幻の淵から現実へと戻ったあと、日仏会館長のセシル坂井氏が解放してくれた七階のアパルトマンで、キニャールの誕生パーティーが行われた。明治時代に日本初のビール工場が作られて開発が本格化するよりも前、日仏会館の建つ恵比寿界隈はまだ、大名屋敷の点在する高台の山林と農村地帯だった。今はその面影すらなく、アパルトマンのバルコニーからは、色とりどりのネオンに彩られた、まばゆいほどに美しい東京の夜景が広がっていた。

翌五月十四日は快晴で、昼前から汗ばむほどの陽気だった。夕方のリサイタルまで時間があったので、フランス大使館の周りをみなで散歩した。大使館脇を通る青木坂という名の長い坂道は、昭和の初めまで富士山が眺望できたことから、富士見坂とも呼ばれていた。現在の名は、現フランス大使館の敷地も含めた近辺を所有していた青木氏の名に由来する。青木氏は江戸時代の旗本で、一帯に大きな屋敷を構えていた。その大名庭園の名残を偲ぶよすがが大使館邸内の庭である。東京滞在中、キニャールを始めとするフランスからの招聘者は、フランス大使ローラン・ピック氏の計らいで賓客として公邸に招かれていた。建物の裏一円に広がるなだらかな緑の丘を下り、かつては大名庭園の池だった窪地（現在は野外プールに改造され、ブルーシートに覆われていた）を抜けて雑木林まで続く大使館の広大な庭を、ミレイユと一緒に散歩した。その間ゆっくりと時間は過ぎ、やがてリサイタルの始まる夕刻となった。

宿主であるローラン・ピック氏と〈パスカル・キニャール・コレクション〉の翻訳者たちに捧げられ

たリサイタル「最後の王国と音楽」の舞台となったのは、大使館の美しい庭を眺望する開放的なホールだ。ガラス張りの壁の向こうでは、先ほどミレイユと一緒に散歩した庭園が新緑の深い翠を湛えている。その庭園を借景として舞台がしつらえられ、琴とピアノが設置された。時刻は午後六時半。熱気を含んだ初夏の夕方の青い空が次第に色褪せ、夕焼けがゆっくりと空を染め始たかと思う間もなく、蒼い夕闇が静かにあたりを被っていく。大使の挨拶が終わる頃には、夕闇が木々の緑をすっかり呑み込もうとしていた。前日のシンポジウムで初演された『岸辺の歌』で、リサイタルは幕を開けた。フランス語と日本語による朗読のあと、キニャールは琴奏者の手を取って舞台へと導いていく。蠟燭に灯りがともされると、まるで別世界に瞬間移動したかのように、幻想的な空間が広がった。ピアノが冒頭の一節を一気に奏でたあと、今度は琴が同じメロディーを一弦ずつゆっくり爪でつまびく。それを序奏として、震えるようにビブラートのかかったソプラノの声が囁くように歌いだす。

蒼い海の淵
蒼い
空の谷

音楽は人を別世界へと運んでいく。ときに狂おしくときに甘美な、いずれにせよ人が留まることのできない場所へと運んでいくのだ。音楽が誘うのは失われた場所、永遠の他処となった場所とその記憶である。『岸辺の歌』の演奏後、キニャールはひとりピアノに向かい、『最後の王国』に着想を与えた曲を演奏した。二曲目が終わる頃には、夜のとばりがすっかり降りていて、庭園も室内も暗闇に支配されていた。譜面台の楽譜も闇に沈んでいた。ピアニストの手元を照らす小さなランプを頼りに、まるで夢見るように、目に見えない何かに語りかけるように、バロックから現代まで約十曲が一息に演奏された。この夜、キニャールが聴衆とともに滞留することを願った最後の王国の時間を彩ったのは、クープラン、ラモー、サント゠コロンブ、バッハ、ハイドン、フォーレのほか、ギリシア出身の現代作曲家コンスタンティア・グルジ、そして二〇一九年十月にパリで世界初演されたキニャールのオペラ『マレの子供たち』を作曲したシュザンヌ・ジローの音楽だった。

この夜、わたしたちが立ち会ったのは本当にリサイタルだったのだろうか。普段ならスポットライトの当たるはずの舞台も、客席と同じ薄闇の中に沈み、誰もが暗がりの中で、音を生み落とす沈黙とピアノの旋律に耳をすませていた。ガラス越しに映し出された庭は、より深い闇と静寂に包まれている。リサイタルのあいだ、自分のいるはずの時間や場所の指標が消失する感覚を覚えたのは、わたしひとりではなかっただろう。そういえば、キニャールとヴィアルの『暗闇の岸辺』を鑑賞したときにも、同じ感覚を味わった。開始のブザーとともに客席が暗くなったあと、ライトで照らし出されるはずの舞台が明るくならない。劇場全体が闇に沈んだまま、まるで洞窟の暗がりで目を凝らしているような状態の中で、舞台の幕が上がった。居心地の悪さや不安、あるいは恐怖心に押し潰されて、思わず声を発した観客もいた。

キニャールとヴィアルは、自分たちの舞台を暗黒のパフォーマンスとして構想した。日本の暗黒舞踏に着想を得たとはいえ、身体をもつ人間が抱く痛みや苦しみなどの感情を表現しようと試みた暗黒舞踏よりはむしろ、死者の魂を呼び寄せ、その悲しみを鎮める能に近いという。闇を主調としたのは、陰翳礼讃によってより強く光を願うとともに、ことばで触れることのできない、夢にも似た場所を擬似的に立ち上がらせようという意図からだ。フランスのアヴィニョン国際演劇祭で『暗闇の岸辺』が初演されたときのインタビューで、キニャールは次のように語っている。「暗がりは人間の脳に夢を強要します。

分節化された言語を介さない唯一の活動が夢なのです。事実、書物で夢を作り出すことはできません。わたしたちが舞台でやりたかったのはまさにそれなのです。そして音楽の存在も！　なにせ本の中で音楽を鳴らすことはできませんから」。あらゆる時代の文学を知り尽くしたキニャールでさえ、ことばで表現できない領域があった。いや、むしろ文学に精通するからこその認識なのだろう。身体と渇望、飢え、欲望、後悔、嫉妬、妬みなどの情緒が支配する夢の領域へと近づく手段のひとつが、ほかならぬ闇のパフォーマンスなのだ。それは、闇を味方にして情動や身体を解放し、直感に導かれた野生状態を呼び覚ます一種の儀式のようなものなのだ。

立ち会ったすべての人に深い印象を残した大使館でのリサイタルを最後に、パスカル・キニャールの東京での日程は終了した。リサイタル後に催されたレセプションが終わったあと、作家の到着時から親身にサポートしてくださった小林康夫氏らとともに、広尾のレストランで杯を傾けた。

二、翻訳

日本の翻訳者と読者に出会い、ともにジュビレを祝うというキニャールの想いからは、友愛の精神が滲み出ている。フランス語で友情を指すアミティエよりも、ギリシア語のフィリアの方がここではしっくりくるような気がする。プラトンがエロス（性愛）と対立させたこの言葉には、歓待という語に由来するだけあって、友愛という一般的な意味合い、とりわけ日本語の友情が含意する感情の繋がりに限定されない、興味や価値観を共有するという多分に社会的なニュアンスが含まれている。孤独や野生、不服従や逸脱を好んで描くキニャール文学の読者にとってみれば、フィリアや友情は真逆の価値に思えるかもしれない。だがその実、愛を論じた『秘められた生』や小説『約束のない絆』を例に挙げるまでもなく、友情は間違いなく作家の主要テーマなのだ（さらに付け加えるなら、これまでに刊行された作品の多くが、同時代の作家や芸術家との交流から生まれた果実でもある）。一九七九年に発表され、先のシンポジウムで千葉文夫氏も取り上げた『カリュス』は、作中で幾度も友情の定義が試みられている点からも、タイトルの元となったラテン語表現「カリュス・アミキス」（「親愛なる友」という意味）からしても、まさに友愛を真正面から扱った小説である。ただし、ここで描かれる友情は、先の古代ギリシアにおける概念ほど明瞭には社会的意味を負っていない。キニャールにとって友愛は、あくまでも「孤独以上、社会未満」の状態なのだ。孤独以上である理由は、友愛が最低限二人の関係を必要とするからであり、社会未満なのは、その関係性が社会の要求する生産活動とは無縁だからである（こうした友愛の基盤は、古代ローマ風にいえば余暇《オテイウム》、ブランショ風にいえば無為《デズヴルマン》といえるだろう）。たとえそうであるにせよ、友愛が社会性を完全に排除できないのは、それがことばを媒介として成立する関係だからだ。友情をキニャール流に定義すれば、ことばで結ばれる繋がりとなるだろう。

　友情は人間固有の活動なのだから、厳密には人間同士でしか生じ得ない。この定理は『カリュス』で次のように表現されている。「友情は純粋に言語だけで作られる人間固有の感情である。不意にこぼれ出る、聞き手のいない告白に耳を傾けるのが友情だ。〔……〕読書からそれほど遠くにあるわけではないもの。素肌の手足ではなく、ことばを分かち合うことから生じる幸福でもある」

　友人同士の交流を日記形式で綴った『カリュス』は、言葉で作られた友愛の結晶体ともいえる作品である。主人公である一人称の語り手は、鬱病に苦しむ友人Aのもとに日々通い、彼の告白や独白に耳を傾ける。Aの口からは死への不安や恐怖、苦悩、そして無力感がこぼれる。そうしたAを包み込む緩やかな防御壁のように、友情の輪が形作られていく。『カリュス』のもうひとつのテーマは、ことばを所有する人間特有の病としての鬱だ。鬱は生の喪失感をきっかけとするが、その喪失感はほかならぬ言語、より正確には、ことばに依存する人間存在から生じるとされている（なぜなら、ことばを話す人間にとっては、唯一の現実が来るべき死なのだから）。だが、すでに死に魅了され、みずから不幸に溺れる鬱の人を救うことは果たして可能なのだろうか。もし可能なら、どんな方法があるだろうか。物語《フィクション》の形で提出された哲学的ともいえるこの問いに対して、『カリュス』は意外な解決法を提案する。虚無を手なづける技能としての友情という処方箋である。ことばを扱う人間に固有の病が鬱であるなら、その場合には、ことばを介して死の概念が心の中に闖入し、猛毒のように身も心も滅ぼそうとするわけだが、それを防ぐ手段もまた、ことばでしかないだろう。ことばによる呪縛を解くのはことばの呪文なのだ。無為の共同体としての友愛は、ことばの病をことばで癒す手段を提供する。この意味において、友愛は「唯一、そして真の秘密の共同体」となる。

ところで、「秘密」と「共同体」という、相反する意味を含む二つの形容辞からも、友愛の矛盾した性格が推測できる。個人以上社会未満の関係として、心の内に秘めた感情をことばで伝達しようとする試みが友愛であるとしても、実際には、伝達以上に親密な何かがそこで共有され、交換不可能な何かが交換されるからこそ、友愛の真の喜びが生じるのであろう。

キニャールの考えるこうした友愛の定義を、読者と書物、ひいては書物と翻訳者の関係に敷衍することはできないだろうか。考えてみれば、幼少期のキニャールにとって、自閉症と拒食症から抜け出す手段が読書だったのだし、その後、重い鬱病を患った青年期のキニャールを救ったのも精神分析（これもことばによる治療法だ）と翻訳だった。キニャールの作家としてのキャリアの元に、翻訳者の顔があった事実は注目に値する。ジュビレという節目の年に、日本の、しかも翻訳者に会いたいと作家が希望した理由も納得できるからだ。キニャールにとってはおそらく、異国の未知の翻訳者であれ、等しく友人であり同志なのだ。そう思えたのは、「ある言語が翻訳されるとするなら、それは唯一、同じ言語として自分自身へと翻訳される場合だけだ」という『カリュス』の一節が、筆者の記憶に蘇ったからかもしれない。原作者と翻訳者の名が並んで書物の表紙に記されるような、翻訳文化の発達した日本とは違って、作者（英語のオーサーあるいはフランス語のオトゥールは、権力者という意味を持つラテン語アウクトールに由来する）と翻訳者の序列が揺るぎない欧米の書写文化という文脈からすれば、キニャールの言葉はまさに驚きであり、特筆に値する。というのも、いわゆる翻訳（一般に言うトランスクリプションやトランスレーションという概念）など幻想あるいは戯言にすぎず、テクストが書かれ、書き換えられるごとに、新たな作品があるのみという事実をこの文章は主張するからだ。五年前の来日の際、自分の作品が翻訳されることについて感想を求められたときの作家の返答──「わたしには日本語は読めませんが、翻訳された作品は原作以上に素晴らしいものだと確信しています」という答え──もまた、同じ文脈で理解されるべきだろう。作家と翻訳者はともに、同じ楽譜を違う楽器で演奏する音楽家なのだ。翻訳の友愛なるものが存在するとすれば、それは言語の地下水脈で息づく生き生きとした声を作家から受け取り、それを読者と共有しようという意思に基づくに違いない。

一九六八年、若干二十歳のキニャールの元に翻訳の依頼が舞い込む。依頼主は友人で詩人のパウル・ツェランだ（ツェラン自身は翻訳の刊行を待つことなく、一九七〇年四月、まだ冷たいセーヌ川に身を投げてしまうのであるが）。長年の鬱病に加えて、五月革命の余波で博士論文提出の見通しも立たなくなっていた当時のキニャールにとっても、辛く暗い時期だったようだ。ツェランが持ちかけたのは、紀元前三世紀ギリシアの詩人リュコフロンの唯一現存する悲劇詩『アレクサンドラ』の翻訳で、専門家のうちでは超難解とされているが、物語自体は広く知られている。主人公は一般にカッサンドラと称される、ギリシア神話に登場するイリオスの女王で、アポロンの求愛を拒んだため呪いにかけられてしまう。未来を知る能力を授かったものの、口にする予言がすぐさま嘘とみなされ、嘲弄の的となるという恐ろしい呪いの犠牲者がアレクサンドラ＝カッサンドラなのである。民衆の嘲りを受け続け、ついにはみずからの凋落と死をも幻視したアレクサンドラは、絶望と無念のうちに散る。予言する真実がことごとく虚偽とみなされるこの悲劇のヒロインに、青年キニャールはたちまち魅了される。そして、文学の本質を直感的にそこに見て取る。真実を語るがゆえに社会から疎まれ拒絶される存在、語るすべてが作り話と揶揄される虚しい真実の語り手としてのアレクサンドラこそ、キニャールにとって文学の姿そのものだったのだ。

また、のちのキニャールの発言からは、リュコフロンの『アレクサンドラ』が別の意味で作家に啓示を与えたこともうかがえる。「カッサンドラは社会的連帯のおそろしさを告げる。だが、だれもそれを信じない。鬱病患者は現実の真の姿を語る。だが、だれもそれを信じない。廃墟と化したトロイアで今まさに喉を掻き切られようとするカッサンドラのはるか後の時代、ドイツの絶滅収容所から戻った生還者たちは、三千年前の王女と同じように、人々に不信の念を引き起こした」と述べるように、過去の物語が未来を予示し、われわれの現実の真の姿を語っているという事実にキニャールは気づいたのである。過去が未来を語るというこの発見は、キニャールの作家としての立ち位置を決定づけたといっても過言ではなかろう。過去へと遡りつつ未来を語るという姿勢に、すべての作品が貫かれているからだ（この発見はもしかすると、リュコフロンの翻訳を彼に託した友人ツェランからの、秘められた文学的遺言だったのかもしれない）。

ドイツ系ユダヤ人だったパウル・アンチェルは、アンチェルのアナグラムであるツェランという筆名の陰に、社会的素性を隠匿した。翻訳とは偽の素性で語ること、あるいは仮の素性の下に語ることなのかもしれない。『アレクサンドラ』の翻訳作業をしながら、それと並行して当時執筆していた覚え書きを約四十年のちに出版する機会を得たとき、キニャールはその覚書をギリシア語で「探求する人」を意味する『ゼテース』と題し、リュコフロン作『アレクサンドラ』の翻訳と抱き合わせて、『リュコフロン／ゼテース』のタイトルで刊行した。この二重のタイトルからは、原作者と翻訳者のあいだに結ばれる対等で密接な関係性が読み取れる。翻訳者としての経験はキニャールにとって探求者のそれに等しく、作家になるために不可欠な準備段階だった。作家として確立された現在のスタイルは、かつての翻訳体験によって練り上げられたといえる。

翻訳経験のもたらしたもっとも大きな成果は声の発見だろう。キニャールにとって文学の象徴ともいえる預言者アレクサンドラは、主体性とは無縁な、他所から来た異質な声に身体を乗っ取られ、みずからの意に反して未来と真実を語る。文学の声についても同じように、自分とは別の何かが語ることへの作家の自覚から生じているとはいえないだろうか。文字で綴られた書き物《エクリチュール》に宿る声は、話し言葉《パロール》とはまったく違う沈黙者の声であり、社会や集団から疎外された虚しい預言者の声であり、言語構造の基盤をなす「わたし」と「君」の機能的対称性《エゴフォリー》を無視して、ことばを他者への純粋な呼びかけへと変える声でもある。五年前にアンスティチュ東京で行われた作家の津島佑子氏との対談で、キニャールは言語学者エミール・バンヴェニストのコレージュ・ド・フランスでの最終講義に触れ、コミュニケーションにおいて受取人のいなくなる唯一の可能性が「書かれたもの」であると指摘し、こう付け加えた。作家は対話者を文字通り抹消する。それと引き換えに動物や獣、不在者、死者、過ぎ去った時間と交流するのだ、と。

わたしのものではないこの声を、仮に死者の声と言い換えてもよいだろう。書かれたもの《エクリチュール》を介して届くかぎり、古代の作品であれ現代の作品であれ、その声は等しく死者の声である。その声を聞くために沈黙の国へと赴く旅を翻訳とみなすなら、翻訳者とはある意味、わたしのものではない声に語らせるために、自分の身体を死者に貸し与え、口寄せを行うシャーマンでもあるだろう。原作者と翻訳者はふたつの名を持つ同一の身体なのだ。仮面や能面をつけて死者の声を伝えるギリシア悲劇や能の演者に喩えるべき存在ともいえる。悲劇役者のつける仮面を意味するラテン語のペルソナは、本来、障壁を介して音を鳴らすという意味だった。他者（死者）の声をとおして語る人が翻訳者なのだ。

だが、なぜことばではなくて声が問題となるのか。ある言語（A）から別の言語（B）への移行を常識とする一般の翻訳理論との違いが見出されるのはこの点だ。キニャールにとって翻訳が伝達するのはあくまでも声であり、この場合の声とは、ことばや記号の此岸にある何か、古代人が息や魂と呼んだものの、命を宿した何か、言語体系という死の空間に運ばれてもなお死に絶えることのない何ものかの比喩のことだ。キニャールにとって声が重要なのはこの意味においてであり、だから正確には「死者の死ない声」と呼ばれるべきものが問題となっているのである。この声は消滅しない。なぜならそれはことばの網に捕獲されない永遠のよそ者、つまりは漂泊者であり、ジャック・ラカンのいう欲望の原因としての対象、対象aにも似た存在だからである。

目の前の対話者を抹消し（あるいは結局は同じことであるが、対話者の前からみずから姿を消し）、文字の形で暗号化された見えない声を求めて書き物の世界に没入し、自分の身体を使って死者の不滅の声を鳴り響かせること——、こんなふうに翻訳を定義することができるだろう。意味《シニフィエ》の伝達よりも、ことば全体を鳴り響かせるべきだと主張したピエール・クロソウスキーの手がけた『アエネーイス』のフランス語版は、ある意味、キニャールが理想とする翻訳であった。

作品の真髄がある言語から別の言語へと転生するというこの仮説にしたがうなら、原作と翻訳の区別はもはや不要になるだろう。なぜなら、あらゆる作品は仮のもの、次の姿を待つ合間の仮の姿でしかなくなるからだ。著者名や作品タイトルですら、死者の声をもてなす宿主がいたことの証でしかなくなる。作者の地位を絶対視する近代以降の小説よりも、伝承によって受け継がれた古代や中世の物語をキニャールが好む理由もうなずける。また、文学の声という概念は、津島佑子氏が「夢の歌」――彼女の場合にはアイヌやアボリジニ、キルギスなど、文字を持たない民族における物語の伝承が問題になっていたのではあるが――と呼んだものを想起させる。

死者の声を聴くこうした行為は、やがて死者の声を借りて語る行為へと変容する。そして読書（聴取）、翻訳（伝達）、書くこと《エクリチュール》（創造）の三つが一つに繋がっていく。連続するこの生成運動の中に、キニャールと日本文学との関係を位置づけることもできるだろう。「日本文学はすべて読破した」と作家が語ったとき、「もちろん、翻訳で」と茶目っ気たっぷりに付け加えたのは、いくら多言語に通じているとはいえ、こと日本文学に限っては、翻訳こそが作品という認識があってのことと推察できるからだ。小説『カリュス』では、日本文学愛好家のカールという人物が登場し、大伴家持や山部赤人について熱弁を振るう。碩学の人カールは、万葉詩人のひととなりやその人生の逸話に触れることも忘れない。たとえば、大伴家持について友人たちに語るときにカールが真っ先に言及するのは、愛する人を失ったときに歌人が味わった千々乱れる思いと哀切についてだ（「うつせみの世は常なしと知るものを秋風寒く偲ひつるかも」のような和歌が念頭にあってのことだろう）。そして、あろうことか、その家持のエピソードが、同じ小説の中で、今度は死んだはずの恋人Cの面影が夢の中で夜な夜な主人公の元を訪れる場面として変奏されるのである。読書体験からエクリチュールへと、同じ物語のエッセンスが異なる次元をつなぎ、循環する現象を読者は目の当たりにする。原作から翻訳、そして新たな創作への連鎖は、一九九一年に発表された『めぐり逢う朝』〔その後、訳者の高橋啓氏によって『世界のすべての朝は』と改題された〕ではさらに大胆に展開されている。ここでは、物語の枠組みとして借用されている世阿弥の能『蝉丸』（『蝉丸』自身も『今昔物語』の書き換えである）の物語内に、その一部分として組み込まれる形で、先の家持のエピソードが再登場する。もはや万葉の詩人ではなく、十七世紀フランスの音楽家でヴィオールの名手サント＝コロンブへと転生を果たした家持は、別の時代と人生を生き、新たな物語の主人公となる。

作家がこれまで日本文学を直接に論じたことはなかった。そうではあるとはいえ、その影響が多少なりとも明瞭な作品が存在するのも事実である。たとえば『小論集』所収の『清の枕』と題された清少納言をめぐる章や、『最後の王国』第二巻の『いにしえの光』で論じられる吉田兼好についての章などだ。だが、小説の一技巧としての引用とは異なり、翻訳作品の鑑賞から創作行為への横滑りは、どちらかといえば地下水脈での働き、あるいは秘められた交渉に近いように思われる。逆に言うと、その分、読者にとっては邪推の楽しみが増えるということだ（元歌を知らずとも、和歌や俳句を十分楽しめるのと同じように）。修業先の親方の娘に横恋慕したがために、その婚約者から顔に硝酸を浴びる報復を受け、それ以来、身を潜めるようにしてオランダからイタリアへと逃げ落ちながら、世間との交渉を断って芸術に身を捧げる十七世紀フランスの銅版画家モームの半生を描いた『ローマのテラス』（二〇〇〇年）は、それだけでも胸が詰まるような物語だが、ここに別のエピソード、たとえば谷崎潤一郎の『春琴抄』で、春琴の雪のような頬に熱湯が浴びせられる場面を重ね合わせたらどうだろう。時空間を超えて突然、キニャール作品の中に死者の声が響き渡るのが、読者には聞こえないだろうか。

また、帝政ローマ末の激動期を舞台に、世襲貴族《パトリキ》の老婦人が遺した雑記風の文体で綴られた『アプロネニア・アウィティアの柘植の板』（一九八四年）は、備忘録的な形式と目録《リスト》への偏愛という点から、清少納言の『枕草子』へのオマージュともいえる作品である。だが、それと同時に、作品は単なる目配せやパロディーを越えて、幾重にも重なる想起の円環へと読者を誘う。なぜなら、見ようによっては、清少納言その人に影響を与えた晩唐の詩人李商隠や、鎌倉時代の歌人鴨長明の『方丈記』への目配せとも受け取ることもできるからだ。『アプロネニア・アウィティアの柘植の板』は、現存するとされる（というのも、すべて作家による創作、いわば捏造にすぎないのだから）書字板の書き起こしからなる前半と、それをめぐる長大な解説部分から構成されている。話者による専門家然としたその解説部分では、書字板の作者が生きた時代や、資料の背景をなす帝政末期ローマを襲った政変という歴史的事実が喚起されるその一方で、史実とは裏腹に超然的な静けさを湛えた作品の魅力も紹介されていた。ちなみに『方丈記』のフランス語版を手にとってみると（わたしが目にしているのは一九六八年初版の再版である）、キニャールの小説と同じように、テクストの翻訳に長い解説が付いている。『方丈記』の注釈者であるジャクリーヌ・ピジョ氏もまた、平安から鎌倉への過渡期を生きた作者が経験したはずの混迷の痕跡が作品中に驚くほど反映されていないという事実を、まるで示し合わせたように指摘している。作者の鴨長明に関する資料に乏しく、作品を通してしか人物像を探ることができないという考察も、キニャールの小説での指摘とほぼ同じだ。むろん、こうした類似はよくあることかもしれない。だが、外国語で書かれた古典作品の翻訳書がしばしば本文だけで完結せず、解説や注も含めた全体が翻訳作品として鑑賞の対象となっている事実は、少なからず認められるのではないだろうか。もしそうであるなら、翻訳文学固有のスタイルの模倣から新たな文学創造や虚構作品が生み出されたとしても、なんら驚くには当たらない。

キニャール作品の全体を通してみると、『枕草子』などを特徴づける断章（章段）形式への興味は、一九七〇年代から一九八〇年代の作品に顕著で、その後は、セリー構造を保ちつつも、それを包み込む大きな枠組みをもつ作品創造へと関心が移り変わっているのがわかる。また、九〇年代末から始まった連作『最後の王国』では、あらかじめ境界を画定せず、新たな作品が加わるたびに徐々に形作られる柔軟で流動的な枠組みをもつ構造が用いられているが、これも日本の随筆の手法を彷彿させる。回想や日常の悲喜こもごも、大小の関心事をめぐる省察、人間観察、見聞した出来事などを、明確な秩序や序列を設けず、筆の赴くままに綴っていく随筆の最大の魅力は、開放的で完全に自由な書法である（日本の随筆に相当するこうしたスタイルは、古代ローマやフランス本国にも存在するが、紙の上を滑るなめらかな筆による流れと、紙表面を削るペンの動きが作り出す書法《エクリチュール》では、同じ随筆《エセー》とはいえ質的な相違があるはずだ）。キニャール自身は『最後の王国』の書法《エクリチュール》について、次のように記している。「小説と思索が不意に交わることがあるように、わたしが目指したのは動物の精液と植物の樹液、恒温動物の見る夢、ことばを操る存在者の暗号化された記憶、真昼の幻覚、嘘、虚構、生きるための日常的な捕食行為、辛抱強い思索、これらの間にもはやいかなる区別もなくなってしまうような作品でした」。

三、岸辺

キニャールは世界三大悲劇作家のひとりに世阿弥の名を挙げている。世阿弥といえば、父の観阿弥とともに能を確立した人物だ。能の主人公はシテと呼ばれ、神や亡霊、天狗、鬼などの超自然的な存在か、そうでない場合には貧者や隠者など社会の周縁者を演ずる。対するワキは、シテの思いを聞き出す役割を担う重要な脇役であり、シテの対話者である（ワキはしばしば僧侶の格好で登場する）。基本的に二人舞台である能では、生と死という二つの世界にまたがって物語が展開される。能舞台の構造は、古代ギリシア悲劇の舞台と酷似している。本舞台とその裏側にある鏡の間という、対置する二つの場から構成され、両者を橋掛りが繋いでいる。シテが顔に能面を装着し、本舞台登場への準備をする場所が鏡の間で、古代ギリシアの劇場でいう控えの間《スケーネ》に当たる。二つの場所を繋ぐ橋掛りは、ときに人物が登場する花道、ときにこの世とあの世をつなぐ岸辺となる。橋掛りの手前には三本の松が据えられ、橋掛りから本舞台をぐるりとめぐる周縁部、すなわち客席と舞台を隔てる白州と呼ばれる空間には、かつては白い砂利が一面に敷き詰められていた。海水を見立てたことにその名が由来するという由縁からも、能舞台全体がそもそも岸辺を象徴していたことがわかる。

翻訳者はワキと同じように岸辺に佇み、死者の声が耳に届くのを待っている。「僕が死んだと仮定してくれ、そしてその瞬間、僕の身体を利用して、死が少しだけ息を吹き返すのを想像してみてほしい。このちょっとした転生が終わったとき、僕はこのささいな出会いを手帳に書き込む」と『カリュス』には書かれている。

日本での滞在中、『岸辺の歌』は三度演奏された。東京日仏会館とフランス大使館、そして長崎の創楽堂で。

『岸辺の歌』は、二〇〇一年に発表された「失われた声」（パスカル・キニャール『謎』所収）の物語を想起させる。峠の坂道で辻馬車が横転し、乗っていた旅路の親子が外に投げ出される。落下の衝撃で両親は即死し、息子のジャン・ド・ヴェーひとりが生き残る。ある日、失意のジャンの前に現れた緑色のドレスを纏った娘に、ジャンは一目で恋に落ち、彼女の喉からときおり漏れ出る美しい声に魅了される。歌を歌ってほしいとせがむジャンに、娘は「人に聴かせるべきではない歌」を一度だけ、彼のために歌うことを約束する。それはセイレーンのように抗いがたい誘惑の歌だった。だが、歌い終わった娘はジャンの前から姿を消してしまう。娘を探してジャンは湖の周りをさまよい歩き、やっとのことで居場所を見つけたとき、彼女は湖の中で変わり果てた姿になっていた。緑のドレスの娘は、ジャンの亡き母の似姿を盗んで人間に化けた、湖のアマガエルだったのだ（ジャンは村人からこんな警告を受けていた――「お前さんの愛した緑の幽霊はアマガエルなのさ」）。水の世界に戻った娘の青緑色の肢体の影が、波打つ水面越しにゆらめきながら垣間見えたとき、ジャンは意を決して水の中に入っていった。
　別世界に生きる二人の叶わぬ恋。ジャンに向けて娘が歌った歌の中には、二人の悲恋の行く末がすでに刻印されている。

月からこぼれ落ちる一条の光を受けて、かぼそい声が彼女の口元から溢れ出す。
暗闇の中、その声が僕の歩みを引き寄せる。
僕の足先が濡れたって、それがどうだというのだろう。
僕の瞳から彼女の姿は消え去らない。
彼女の唇は打ち寄せる波。
そこに岸辺はない。

『岸辺の歌』は歌う。

大地は？
空の地は？
海に出ずる地は？
大地　岸にすぎず

谷べ　岸にすぎず
せせらぎ　岸にすぎず
川じり　岸にすぎず
言の葉　岸にすぎず

空の峰　流るる
人の身　たゆたう
浮世の岸

歌は別世界からやってくる闖入者だ。その魅力は禁じられたものだけがもつ魔術的な呪縛力に由来する。キニャールにとっての音楽が「最初の王国」の名残である理由は、胎児だった頃の原初の感覚がわたしたちの身体に深く刻み込まれているからだ。視覚よりも古い感覚である聴覚は、人間の情感の深部でもっとも激しい苦しみと郷愁を同時に引き起こす。マストに縛りつけられたオデュッセウスの四肢が、セイレーンの歌に酔いしれながらロープの下で虚しくあえぎ続けていたように、音楽は聴く人の身も心も意のままに操る。統御不能な舞踊《ダンス》。闇の力のパフォーマンス。陶酔の時間が終わったあとには何も残らない。心をかき乱して過ぎ去った、この世ならぬものの正体がわからぬままに、喪失の感覚だけが現実として残される。音楽の美しさはここにある。「ある世界を想起させる歌が音楽である。その世界についていて、人はたったひとつの思い出しかもっていない。それは近づき遠ざかりながら音を共鳴させていた、母の声という思い出である」、こうキニャールは記している。

青いドレスの娘は湖に住むアマガエルだった。人間もまたカエルと同じように、二つの世界を生きる動物である。しかし、羊水での生を捨てて肺呼吸を始めた途端に、最初の世界はまるで亡霊のように霧消してしまう。母の面影を宿した緑のドレスの娘の後を追って溺死したジャンは、乾いた大地での孤独な生活を嫌い、抑えがたい郷愁と欲望の声に従った。岸辺に留まるよりも、淵に身を投じる方を選んだ。

両立不可能なふたつの世界と、不可逆的なふたつの時間を生きる動物が人間であるという定理は、キニャールの存在論の根幹をなす思想だ。それをもっとも忠実に反映する作品が、現在刊行中の連作『最後の王国』である。タイトルでもある最後の王国という表現は、母親の胎盤から排出されてから人が死ぬまでを過ごすこの世の世界を象徴している。一方、「最後の」(王国)という形容辞が暗黙のうちに含意する「最初の」王国とは、誕生以前、すなわちこの世に生まれる以前の子宮ポケット内での生を指すだろう。

大気と光の支配するこの世に生まれ落ちたわたしたちは、社会での自律を義務付けられ、言語を習得してからはただ一直線に、死という終着点への旅を始める。母親の胎内で大切に守られ、朝夕のリズムもない無時間的な永遠の黄昏の中での充足状態とは打って変わり、誕生以降は飢えや寒さ、他人や集団、時間、老い、生命の危機と絶えず戦うことを余儀なくされる。最後の王国はけっして薔薇色の世界ではない。また、この世が最後の王国と呼ばれる以上、そこで味わう苦しみを埋め合わせるべき天国も極楽もないと覚悟すべきだろう。

無神論者を標榜するキニャールの人生観は、そもそもどのように形成されたのだろうか。彼にもっとも影響を与えたのは、バロック時代の人々を魅了した厳格なジャンセニスムだろうか。それとも悟りを至高善とする仏教思想だろうか。小説『カリュス』の中にヒントがあるのではないかと筆者は考える。緒言の中で作者自身が「本書の守護聖人」と名指す古代ローマの哲学者ルクレティウスの思想がそれだ。『カリュス』では、登場人物の対話の端々でその思想が敷衍されているが、『事物の本性について』の作者にして共和制ローマの詩人でもあったルクレティウスの哲学を一言でまとめるなら、原子論を介しての虚無思想である。世界の諸物が原子の運動にすぎないとする原子論に従うなら、誕生も死も、ましてや人が人生で出会うさまざまな出来事一切に意味はなく、すべて偶然（原子の運動）の結果でしかないということになる。未来予測は不可能なのだから、死がいつ襲ってくるかもわからない。さらに強調すべきは、深淵は単に未来の側だけでなく、過去にも同じように広がっているという事実だ。なぜなら、現在もまた同じように、過去に変容した瞬間に忘却と無に吸い込まれていくのだから。過去は死んで無と化す。換言するなら、現在というこの瞬間、すなわち今ここの周縁には死と無しかない（空虚に支配された巨大な闇の空間を想像すればよいだろう）。ここで言う無、すなわち死とは、あの世や天国という名の幻想とは無縁な、目を背けたくなるような腐敗とそれに続く消滅、物質的消失を指している。無神論とは、徹底した物質主義でもあるのだ。この観点に立つキニャールにとって、「死んだもの」と「喪失したもの」が峻別すべき対象である点は重要である。原子論のイメージを引き続き借用するなら、前者は無となって世界から消滅してしまったもの、後者は原子の偶然の運動の中で一時的に紛失したものと言い換えることができ、いまだ生のエネルギーを保持しているという点で、生の世界に回帰する可能性を完全には失っていない（フロイトならそれを「抑圧されたもの」と呼ぶだろう）。また、原子論というと、すべてが生き生きと動き続ける永遠の運動世界を想像しがちだが、必ずしもそうではない点にも留意すべきだろう。『カリュス』では、原子論特有のパラドックスが次の言葉で表現されている。「すべては運動している、その運動があまりにも目覚ましいものだから、逆にすべてが不動にみえる。その運動には目的がない。つまり幸福も不幸もないのだ」。幸福も不幸もなく、あるのは虚無感だけ。その感覚には諸行無常と通じる何かがあるのかもしれない。

現実とは単に「平行線を描き続ける脳波図、つまり死」だ、『カリュス』の登場人物のひとりはそう主張する。他のあらゆる物質と同じように、人間もまた、存在の溶液に浸りながら、無の空間をさまよっている。死への入り口以外の出口を持たないこうした現実を前に、感情や欲望は萎え、ただ生への嫌悪だけが残される。かくも残酷な現実を受け入れることのできる強靭な精神の持ち主はごくわずかしかいないだろう。一瞬先は闇という格言があるにせよ、それを日々実践している人はおそらくいまい。こうした現実を知ったとき、選択肢はふたつしかないように思われる。みずから進んで死へと邁進するか、死と虚無からできるだけ身を遠ざけようとするかのどちらかだ。後者を選択した場合に取りうる唯一の方法がことばという手段であるが、ことばを操り、ことばを紡いで創造される虚無の芸術に頼りながら、死に呑みこまれそうな人を救おうとする試みが友情であることは、すでにみた通りである。

ことばは不安から身を分かつために人間によって作り出された。その始原をたどる『インゴルシュタットの子ども』(『最後の王国』シリーズ第十巻)では、不安をもたらす原因を駆逐するために、言語体系の基盤となる初期機能、すなわちことばの起源が考案されたという仮説が提出される。この仮説に基づくキニャールの論証はこうだ。そもそも現実は連続した時間から成るのだから、そこに生と死の分断はないはずである。そうであるにもかかわらず、生と死が同一でないとすれば、言語が両者を対置させたからだ。では、この場合、死は何を意味するのだろうか。わたしたちは普段、生肉を食べるわけではないし(肉屋で売られる屍肉を食べている)、ましてや死んだ動物の革でできた衣類や装身具を身につけて生活している。いわば死に囲まれて生きているにもかかわらず、わたしたちが死を恐れるとすれば、それはことばの操作(思弁的昇華)によって、いつのまにか死が象徴化されてしまっているからだ。仮説に基づくこうした最初の論証を端緒として、キニャールはさらに、言語が作り出した「外部としての死」よりもはるかに根源的な概念、言語の発生に関わる最初の動因まで遡ろうと試みる。そして、文化人類学者メアリー・ダグラスの提唱した、汚穢と禁忌の概念へとたどり着く。キニャールによると、汚穢をめぐるもっとも始原的な禁忌は、自己の排泄物にまつわるという。そうであるなら、文化の最初の指標は羞恥ではなく、気まずさのはずだ。気まずさの極致である自己の排泄物が、「汚れたもの」として、言語構築の最初の分断線を引いたといえるからだ。汚物というカテゴリーに入れられた「汚れたもの」や「猥雑なもの」は、徐々に文化の周縁や外部へと追いやられ、言語による加工処理をさらに経て、言語内の構成要素である「生」や「現実」の対立概念として昇華される。そして、あらゆる不浄や不安の原因に「死」という一般名詞が与えられることになる。

言語の成立に関わるこのプロセスについて、記憶にとどめておくべき点がある。それは言語の誕生時における初動因が、その後、長きにわたって隠匿され続けたという事実である。そうしないかぎり、言語の真の存在理由――現実を抑圧あるいは排除して擬似現実を作り出し、それを現実として信じ込ませるという原初の操作《マニピュラシオン》――が露わになってしまうからだ。言語の恥ずべき出自に結びついた汚穢や猥雑はその後タブーとされ、言語の外に完全に放り出されてしまった。

自分に不都合なものを排除したとことばは思い込んでいるが、現実はそれほど単純ではない。「人間的なものとみなされている言語は、純粋に人間による発明ではない。ある身体から別の身体へと乗り移る言語の始原にあったのは、人間でも社会的意思でもなかったからだ。われわれを飼いならすものは、われわれが飼いならすものではない。人間の言語は一頭の野獣なのだ」とキニャールが述べるように、ことばには常に死者や動物、汚れたもの、猥雑なもの、死の影がつきまとっている。言語は籠絡不可能な要塞でもなければ、完璧な無菌室でもないのだ。言語には無数のほころびがあって、その背後では虚無が待ち伏せしている。たったひとつの名詞を忘れたことで存在喪失の恐怖に襲われる主人公を描いた物語「舌の先まで出かかった名前」(パスカル・キニャール『謎』所収)では、無と死が織りなす現実という広大な宇宙の顕現を食い止め、封印する役割をことばが果たしているという事実が明らかになるが、別の言い方をすれば、ことばを剥奪されるやいなや、人はたちまち存在の奈落へと追いやられてしまうということだ。キニャールが影の存在にこだわる理由はそこにある。影とは、死でもなければ死者でもなく、むしろ言語に還元するには過剰すぎるエネルギーを保持する存在、外部に追いやられた遭難者、未来の闖入者である。獲物を待ち伏せする野獣さながら、影は対岸から回帰の好機を狙っている。

ことばが表現するものに対するわたしたちの信頼は絶大かつ無根拠だが、こうした言語の啓示機能が現実と無関係であるという事実は、いまや明らかであろう(むしろ、隠蔽や忘却を促すのがわたしたちにとって言語の本質なのだから)。音楽や絵画《イメージ》、夢などの非言語的世界が不可欠な理由もそこにある。その一方で、だからこそ徹底的に言語を知り尽くし、ことばの裏側までをも吟味しようとする作家の姿勢にも納得がいく。なぜなら、外部に追いやられた闇のおかげで言葉が光り輝けるように、かつて言語が排除した喪失物が戻って来る場所も、ことばの世界をおいてほかにないからだ。光と闇をめぐる一種の弁証法によって、影は新しい光、啓示をもたらす恩寵の光となってことばの世界に回帰する。そのとき、ことばの保護膜の隙間から、現実がわずかにのぞき見える。「言葉にできるすべてが語られ、存在物がひとつとして漏れることなく統一や全体性、意味作用に転換され尽くしたという主張のあとに残された、発音することも知覚することもできない、あの膨大で微かな残滓が現実なのです」と『カリュス』では書かれている。

四、文学の方へ

言語世界から切り離された現実は、秘密裏に回帰するほかないだろう。ところが、こうした非合法的な回帰を合法的なものとして積極的に後押しする手段が存在する。それが文学だ。古代ギリシアの呪われた預言者アレクサンドラ（カッサンドラ）と、それが象徴する文学の意味についてすでに見たとおり、文学の中心にあるのは偽りではなく、虚しい真実なのだから。キニャールの主張するこうした文学の精髄が『ゼテース』ではさらに、「十全でありながら空回りする力、途方もないのに完全な無力」と評される。文学の本質はある意味、伝達《コミュニケーション》の対蹠点という、その特異な立ち位置に結びついている。話し言葉の影が文学であると作家が主張するとき、影である文学が前景化する動きと反比例して話し言葉《パロール》が消滅するはずなのだから、ここでは両者の相互作用をイメージすべきだろう。そのとき、文学の沈黙がおしゃべりに取って代わる。話し言葉《パロール》がそれまで遠ざけていた何かが、沈黙を介して回帰する。話し言葉《パロール》を犠牲として文学が到来する。読書の沈黙の声が、音や音楽に取って代わる。

キニャールの作品は沈黙を鳴り響かせる。時間を切り刻みながら単語に分節化する言語活動は、いわば現実世界を切断して世界の虚像を作り出す機械《マシーン》である。だからこそ捕食動物の顎の動きと、ことばを話す人の唇の動き、そしてすべてを呑み込む巨大な死の口は、実は同じひとつのイメージでしかなく、飢え（現実が生じさせる徴候）、ことば（飢えを幻惑して誤魔化す手段）、そして死（思考の彼方にある真実）もまた、互いに関連し合う近しい存在なのだ。小説家の磯崎憲一郎氏と堀江敏幸氏のいずれもが、キニャールの文体を特徴づける沈黙や切断に敏感だったのは、作家特有の嗅覚が働いてのことに違いない。キニャール自身は次のように書いている。「サンスクリット語での瞑想とは、「みずからの声を押しとどめるヤカム・ヤム」という意味である。声を抑えるとはつまり、語ることで創造行為を始める女神を身体の内部に押しとどめようとすることだ。なぜなら、女神が語り始めるやいなや、自分が創造した世界を今度はみずから呑み込み始めるのだから」

現実を分節化することばの犠牲とは、この場合、ことばを意図的に切り刻んで沈黙に捧げる儀式に等しいだろう。一方では現実への幻惑（ことばの陶酔）、もう一方では創造行為に不可欠な覚醒（意図的なことばの切断）、言い換えるなら、切断の中断とその再開という、二拍のリズムを繋ぐ営為が文学なのだ。同じ糸を紡いでは解く作業を延々と続けながら、不在の夫が帰還するまでの時間かせぎを試みるオデュッセウスの妻ペネロペイアのように。夜明けとともに物語を中断し、物語の続きを次の夜に引き延ばすことによって一日を生き延びようとする『千夜一夜物語』の語り手シェヘラザードのように。

言語の内部に隠棲する沈黙を呼び起こそうとするこうした作業と並んで、否定の発明もまた、文学の発生に深く関わっている。もちろん、ゼロや無の発明などが示すように、否定の概念そのものは文学の専有物ではないとはいえ、否定が言語体系内部に生み出す余白や空白を利用して、言語がかつて排除した影たちを呼び込む手段を文学が編み出したことも事実である。

文学はこうして、純粋な未来を夢見る芸術、否定表現を介して言語の中に招き入れられた不可視の現実の残響を、ことばによって鳴り響かせる芸術となった（それは、みずからの声を死者に貸し与える翻訳者の営みにも似ている）。そのとき、頭蓋の内部で絶えず響き渡る話し言葉《パロール》に取り憑かれていた魂が一瞬、われに帰り、思考するのを止め、眼前の光景――幽霊《ルヴナン》のすがたで突如立ち現れた現実――に魅了される。ことばの外部から到来した沈黙に心を揺さぶられる。愛する人の死や喪に立ち会ったとき、花瓶のチューリップの花が乾いた音を立てて突然テーブルや床に落下したときに、魂が経験するアポトーシス。

否定の介入によって不在が立ちあらわれ、失われたものへの郷愁が一気に呼び覚まされる。「過ぎにしかた恋しきもの、枯れたる葵。ひひなあそびの調度。二藍・葡萄染などのさいでの、おしへされて草子の中などにありける見つけたる。また、をりからあはれなりし人の文、雨などふりつれづれなる日、さがし出でたる。こぞのかはほり」

目に見えない現実をヴァーチャルな可視世界に置き換えることに成功した言語は、実際には社会との統一全体性をスローガンとして作られた虚偽の体系でしかない。そこに否定の表現が潜入したとき、システムの無疵性が揺らぎ、ことばはシステムに対して反旗を翻し、「失われたもの」の待つ外部への狂おしい探求の端緒となる。それと同じように、社会が認める生産活動とは無縁である虚構《フィクション》の発明もまた、外部世界への飽くなき探求に結びついている。作る、あるいは捏ねる動作を本来の意味にもつ虚構《フィクション》という言葉は、神々に代わって世界を創造することを意味するとキニャールは指摘している。もしそうであるなら、言語体系と虚構《フィクション》は合わせ鏡のような関係だとはいえないだろうか。両者の唯一の違いは、後者がその本性――虚偽であること――をあえて公言することで、堂々と嘘を生み出しているという点だ。みずからの虚構性以外の主張をもたない虚構《フィクション》は、周囲の現実との接点を一切もつことなく、独立した場《トポス》を構築する。こうして言語や社会の監視を逃れて、汚れたものや猥雑なものを招き入れ、俎上に乗せることができる。小説の醍醐味とはつまるところ、虚偽の芸術あるいは嘘の愉しみを共有することにほかならない。小説と類縁関係にある物語《コント》も同様であるが、器用に組み立てられた嘘の構築物を遡及的に解体するプロセスを持つと言う点で、小説とは異なっている。魔法や魔術といった摩訶不思議なテーマで読者を魅了するという建前の裏で、実際には魅惑や幻術の仕掛けを暴き、ことばで分析し、呪縛を解くことを主眼とするからだ。夢想や空想、妄想、あるいは過去の体験を物語る場合もその点では同じで、すでに起こった出来事を現在形で語る手法に訴え、出来事を動機づけた欲望や狂気などを語りの効果と混同し、真実と嘘をないまぜにして鵜呑みにさせるという目的をもっている。虚構《フイクシヨン》のおかげで人は白昼堂々、夢を見ることができる（そのもっとも成功した例が、二十世紀に興隆した映画だといえるだろう）。

しかし、だからといって虚構《フイクシヨン》を娯楽と同一視するのは危険かもしれない。なにしろ『インゴルシュタットの子ども』でキニャールが強調するのは、虚構《フイクシヨン》のもつ、とりわけ起爆剤としての効力なのだから。得意とする嘘に磨きをかけ、虚構《フイクシヨン》を見事な嘘、過剰なまでに完璧な嘘として表現すればするほど、言語が標榜する真実や真理、善、悪といった価値の明証性が疑わしくみえてくる。そしてふたたび言語体系の内部に穴が穿たれ、そこから現実が顔を覗かせる。だが、たとえそうであっても、言語という虚偽の大地の上に立ち、言語の作り出す世界を現実と混同して生きているわたしたちが、現実の真の姿を知ることはないだろう。だからこそことばの縁、ことばの岸辺に踏みとどまって、遠い現実との間に横たわる深淵を見極める必要があるのだ。たとえ深淵の向こう岸が闇に包まれたままであったとしても。森の狩人ですら、獲物を仕留めるその瞬間（死の瞬間）まで、獲物の正体を知らないのだから。見る行為を動機づけるのが不可視の標的であるのなら、虚構《フイクシヨン》を生み出すのは見えない力である。

五、ナトゥラ

「一九八九年六月、わたしはひとり倦んでいた。皇居の庭のお堀沿いのベンチに座って、不吉で真っ黒な大鴉たちに囲まれながら、本書の六十頁分を読み返していた」。今から三十年ほど前、古代ローマ時代の小説家アルブキウスに捧げられた自著の序文にこう記したあと、作家は次のように続けた。「堀の池の中にいた一匹の小さなカエルが、水中から頭を出して、岸の脇の木柵に近づいていく。毅然としたその老カエルの、緑色で鱗状の顔をわたしはじっと見つめた。そして「おや、アウグストゥス帝がいるぞ」とひとりごちた。それは自然の成り行きだった。タクシーのドアが自動で閉まり、食事のときには靴を脱ぐこの国が、わたしをローマへの想いに浸らせたのだ。そのローマとは、ここで出会った禅僧の顔よりもずっと生き生きとして血色豊かな、想像の中のローマだった」

　来日中に作家がぜひとも訪れたいと挙げたのが、この同じ皇居の庭だった。今から三十年前、古代ローマを題材とする小説の中に日本の面影を忍ばせた作家の意図が知りたくて、キニャール本人に尋ねてみると、意外な答えが返ってきた。両者のつながりは偶然どころかれっきとした必然、いやそれ以上に政治的な理由によるというのである。そして、古代ローマと日本には、世界を人間より古参の野生として受け入れるという、自然をめぐる深い共通点があると教えてくれた。「だから古代ローマも日本も、世界でもっとも植物的な民族なのだ」、こうキニャールは話を結んだ。

　古代ローマと日本をつなぐキニャールの視点は、西洋における自然観、とりわけ自然を客体化して絵画や詩に取り込むような姿勢とは根本的に異なっている。表現や観察の対象として自然をみなす伝統的な自然観は問題外としても、キニャールが参照するのはむしろ「自然は隠れるのを好む」というヘラクレイトスの格言が示すような、不可視の存在としての自然であるように思われる。そういえば、先のカエルとなったアウグストゥス帝と同時代に活躍した哲学者ロンギヌスにとっても、自然は目に見えないという条件でその崇高さが担保されていた。ロンギヌスのこの思想を敷衍する形で、キニャールは文学の沈黙の声を自然に喩え、まるで自然《ナトウラ》に属する何かがそそり立つようにして、ひとつの声が書物の中に現れ出て、一瞬の閃光を発したあと、沈黙の中にふたたび沈んでいくと記した。ヘラクレイトスの箴言のように、古代人にとっての自然は、対ー象《オブジェクト》ではなく、文字やイメージの中に暗号のようにして溶け込んだ、見えざる力として感知されていたのだ。

瞑想や観想についても同じように、自然の雄大さや静寂の背後に息づく生命の流れを感じ取るという行為に関連づけられるだろう。それを誰よりも強く意識していたのは古代ローマ人であり、日本人だとキニャールは言いたかったのではないだろうか。たしかに、日本語の「自然《しぜん》」の元となった仏教用語の「自然《じねん》」についても、本来備えている性質だけで存在するという意味であるし、西洋の古典文学に造詣が深いスイス出身の詩人フィリップ・ジャコテにとっても、人間と自然を分かつ深淵は強く意識すべき存在だった。そのジャコテは次のように記している。自然の「生き生きとした生命にわたしたちは見惚れますが、その生命は花や葉、果実、葉のなくなった枝といった年次のサイクルを廻るもので、一見、永続するかのような幻想を与えるものの、実際には直線的なわたしたちの生命とは異なり、螺旋を描く運動なのです」。異教的古代を離れてキリスト教世界に目を転じると、たとえば『旧約聖書』の楽園追放の逸話のなかに、自然と人間の断絶のイメージを確認することができるだろう。ただしこの場合、楽園追放を原罪の物語として読むのではなく、知識と言語習得をきっかけとする自然との別離の物語として理解する必要があるが。

ここに美をめぐるひとつの定理が導かれる。それは自然を美しいと思う人々の感性が、自然によって可視化される非人間的な時間、すなわち自然の循環的生命に結びついているという定理である。たとえば日本人は古来、自然に儚さを感じ取ってきた。キニャールはその儚さの感覚のさらに向こうにある、循環的時間に象徴される非人間的な世界への憧憬を指摘する。春を起点とする季節の巡りに対する関心の根拠をそこに見出すのである。たしかに、季節の変化は自然独自の時間として体感されるものの、春夏秋冬すべてに愛着を感じるわたしたち日本人の感性とは異なり、（よりローマ的な）キニャールにとっては、始まりの季節である春こそがすべてであり、あくまでも春という強拍の裏拍として、残りの季節が存在するにすぎない。春の生み出す命の芽吹きが、夏の輝きという絶頂期を経て秋に実を結び、死の冬を迎える。こう考えると、季節の変化は、誕生と死を結ぶ直線的な人間的時間となんら変わりないようにみえる。だが、季節は巡る。冬のあとにはふたたび春が訪れる。自然にとっての冬は本当の意味での死ではなく、新たな命の準備期間なのだ。こうした循環的時間を持たないわたしたち人間にとっての最大の謎は、冬から春への移行であり、春の訪れは人知の及ばない謎としてとどまる。

　自然界における冬から春への転換は、わたしたち人間にとっては、両者を隔てる深淵をどう乗り越えるかという、ひとつの存在論的な問いとして示される。あらゆる生物が身を潜め、まるで死んでしまったかのように見える冬から、すべてが芽吹き、姿を現す春への謎めいた跳躍、死を乗り超えることのできない人間の時間と、循環的で永続的な自然の時間との隔たり、不在と欠如の空間でことばを紡ぐ人間の営為と、沈黙のただ中で顕現する自然の生命力との深い断絶――。これらの間に横たわる深潭を乗り越えようとする試みこそ、古代ローマと日本の自然観に触発されたキニャールがみずからの文学的使命とみなしたものではなかろうか。

「春はあけぼの」、と清少納言が『枕草子』に記したように、日本人にとっても春は始まりの時間であり、闇から光へと移り変わる瞬間《とき》を暗示する。薄闇の岸辺に差し込む曙光にも似た春のおとずれは、完全に新しい時間の始まりであるとともに、冬を生き延びた者だけに与えられる恩寵でもある。

　春になると、目には見えない生命のエネルギーが一気に発露する。ヘラクレイトスに倣えば、隠れた自然が姿をあらわす時であり、顕現《エピファニー》の特権的な瞬間でもある。春のおとずれを前にして、人は絶えざる生命の流れを実感する。ことばの世界、すなわち生命からも顕現《エピファニー》からも隔てられた世界で生きる人間にとっては、なんと魅惑に満ちた光景であることか。人間が自然に憧れ、自然に触発されて芸術を生み出したのもある意味、当然のことだ。だが、そうやって生み出された芸術は、いったいどのようにして虚無の世界から一歩踏み出して、自然のエネルギーをその手に掴み取ることができたのだろうか。

厳密に言えば、芸術は自然の模倣《ミメーシス》以外ではありえないだろう。だが、わたしたちが明瞭判然な観念を形成するやいなや、受動の感情は受動であることをやめるというスピノザの言葉をここで想起することもできるし、それは古来、物語の中に季節の趣を好んで取り入れてきた日本文化にも当てはまる。たとえば、季節の移ろいを映し出す修辞として使われる季語は、人間の営みと自然的時間を結びつける接点、一種の蝶番のような役割を果たしているといえるだろう。また、『万葉集』から『古今和歌集』、さらには『新古今和歌集』へと、過去の作品へと回帰しつつ進化してきた日本文学独自の展開にも、自然が宿す循環的時間の創造的模倣を読み取ることはできないだろうか。芥川龍之介や谷崎潤一郎など、近代作家の多くが古典文学に触発された例を見ても、「もっとも古いものがもっとも新しい」という意味で「兼好のパラドックス」とキニャールが名づけた循環的時間を素地とする創造行為が、そこにも息づいているといえる。

小説『カリュス』では、死というおぼろげな終着点以外に先の見えない人間的時間が、季節の巡りという循環運動によって柔和されている。日記形式で綴られる文章の中に、四季の月日の巡り、時間の指標、年ごとに回帰するさまざまな記念日が配されることによって、無機質な時間の中に拍やリズムが生まれ、循環する時間の印象が広がる。こうした自然の模倣《ミメーシス》は、パスカル・キニャールの信条そのものであるといっても過言ではないだろう。未来の読者に読まれることを願った一七八三年生まれの作家スタンダールよりも、過去の読者に向けて作品を書いた中世イタリアの詩人ペトラルカに共感する作家は、一六四〇年に読まれたいとみずから宣言し、作品のそこかしこに一六四〇年という日付や出来事を登場させ、時間を変奏する。

ところで、わたしたちの知る古代芸術の多くが死を題材とする理由は、芸術作品というものが本来、死者や神への捧げ物だったからだ。現代まで続く死を想え《メメント・モリ》の芸術（たとえば、揺らめく蝋燭の炎と髑髏の連作を描いたドイツの芸術家、ゲルハルト・リヒターなど）の伝統にも、その精神は宿っている。こうした作品はどれも、春の再来を計らう闇に身を投じ、夜と冬を死に捧げることによって、新たな春を呼び込もうと目論む。ロシア伝承からモチーフを得たストラヴィンスキーの『春の祭典』も、それ以外を語ってはいない。異教的で民俗的なこの舞曲では、冬に続いて新たな春を招来させるために、うら若き乙女が生贄に供される。

しかし、仮に文学における死の犠牲といった場合、いったいどのような状況を想像すべきなのだろうか。あえていうなら、ことばで紡がれた文学による声の犠牲、つまり言語の外側へ身を投じる行為をとおして、沈黙や無にことばを繋ぐという、一種、不可能な試みにほかならないだろう。冬を終わらせずして春は来ないのだから、たとえ春の再来が確実でないとしても、死へと身を捧げなければならない。死を超えた何か、冬と春を繋ぐ架け橋となる未知の時間をそこに付け足さないかぎり、春を呼び込むことはできないのだ。そのとき、死の先端にまっさらな時間が接ぎ木される。闇と光をつなぐ空白の時間、夜明けが生まれるのである。

有機体にとっては自然現象であるアポトーシスを創出する能力の中に、キニャールは文学の潜在性を見出す。生のエネルギーが枯渇するよりも先に、その残余を新たな細胞の発生へとつなぐことで、命を蘇らせようとする能力。死を招き寄せつつも、死がすべてを呑み込む瞬間に、時間の流れを転回させせようとする試みこそ、自然から着想を得た文学的アポトーシスだといえるだろう。

自然界における冬から春への移行に倣い、人間の直線的時間を垂直方向に転換させるためにはどうすればよいのか。「花を摘まん《カルペ・ディエム》」という古代ローマの詩人ホラティウスの有名な詩句を呼び水として、古代ローマから日本までの自然観を論じた二〇一七年のエッセー『幸福な一日』に登場する生け花に、そのヒントを得ることができるように思われる。

どの季節に咲く花であっても、花はそれ自体で春、すなわち顕現する生命の力の象徴である（実際、多くの場合、花は植物の生殖部分である）。新たな命の運び手でもある花は、可憐で艶やかな姿を見せながら、生と死の狭間で花開く。生きた花を飾る「生け花」は、床の間という名の能舞台に立つ演者さながら、わたしたちの目を楽しませ、釘付けにする。どうやらキニャールもそのひとりらしい。というのも、次のように語っているからだ。「自分自身の姿を眺めるためではなく、花が開くのを見にわたしは来た。そして、何かが目に見える存在であることを止める瞬間に立ち会った。〔……〕死の中に散りゆく命をわたしは見た」。命の輝きのさなかに摘み取られた花が、静かに死の淵に落ちていく。死の呼びかけに応えて花弁を散らし、花柱を垂らし、生気を失って枯れゆくまでの変容のドラマ、それが生け花の物語だ。ただし、こうした花の供儀も、それを見る人の眼差しなくして、つまり儀式に立ち会う人間の存在なくしては成立しないだろう。人間の時間が自然と交わるのは、こうした死の光景を介してであり、その瞬間は深い沈黙に浸されている（だからこそ、見る者もなくただ散りゆく桜の木を映した映画『フクシマ後の世界』のラストが、あんなにも胸を打つのだろう）。花に宿る命の一瞬を表現したホラティウスと同じく、日本人にとっても美は持続しないもの、滅びの中に存在するものなのだ。

しかし、なぜ落下なのか。なぜならそれが生命の起動あるいは動機であり、春の始まりの拍でもあるからだ。ルクレティウスによると、落下は宇宙の運動を生み出す動因である。人も動物も母胎から産まれ落ちる。葉も果実も落下する。雨も雪も大地や水面に降る。落下こそ生の兆候なのだ。兆候を意味するフランス語のサンプトームは、元々「共に落ちる」という意味だった。

『カリュス』では、Aのアパルトマンに折々に飾られた花の名前やその状態が、友人宅を訪れる主人公の手で日記に書き留められる。少し乾いたヒースの花、埃っぽい白のアザミ、ひょろりと背の高い冬の苔バラ、陰気な色調を取り混ぜたパンジーの萎えた粗末な花束——。床の間の生け花とは違い、Aのアパルトマンのサロンや玄関に飾られた花々は、いずれも枯れかけの花、不可視の縁に留まりながら、来るべき死への落下を辛抱強く待つ花たちだ。循環的時間にとって終わりは始まりの前兆なのだから、滅びこそがもっとも貴い生の兆候である。


『幸福な一日』の中で、キニャールは十五世紀の思想家マルシリオ・フィチーノの「光は闇の空に咲く花《フロス・エスト・ルクス・イン・カレルム》」という言葉を引いている。そのとき花は夜の闇を照らす松明となり、新たな生命へと人を導くであろう。

　水俣病の悲劇を描いた『苦海浄土』の作者、石牟礼道子が遺した創作能『沖宮』では、人間の暴慢な行いに対する自然の怒りを鎮めるために、天草四郎の乳兄弟として育てられた幼女のあやが、雨乞いの人柱として差し出される。村人が一針ずつ縫った豪奢な衣装を身に纏い、少女はひとり小舟に乗り、波間をたゆたいながら、やがて海中へと消え去る。東日本大震災の鎮魂が込められた本作について、あやの供儀を冥土の旅としてではなく、生命の母胎である海底世界への回帰として表現したかったと、作者の石牟礼は明かしている。緋色の衣装を纏ったあやの人影が徐々に霊性を帯び、闇夜を照らす一輪の花となって死の世界へと呑み込まれていくのが、浜辺で見守る村人たちには見えた。移ろうこの世の似姿でしかないとはいえ、花はたしかにこの世とあの世を繋ぐ架け橋としてあったのだ。

その境界にありて　ただ夢のごとくなるも　花
かえりみれば　まなうらにあるものたちの御形　かりそめの姿なれどもおろそかならず
ゆえにわれら　この空しきを礼拝す
然《しか》して空しとは云わず　現世はいよいよ地獄とやいわん　虚無とやいわん　ただ滅亡の世せまるを
松の実か　ここにおいて　われらなお　地上にひらく　一輪の花の力を念じて合掌す

二〇一一年四月二十日、石牟礼道子はこう記した。

自然に対するこうした共感《シンパシー》、対象への瞬時で完全な共感を表すもっとも的確な言葉は「もののあはれ」だろう。季節を先取りするもの、季節から取り残されたもの、命芽吹くもの、命が去りつつあるものなど、目に見える形象の中に命の営みを感じさせる対象すべてに、わたしたちは無媒介に共感する。そこに生の感覚を汲み取り、味わおうとするのである。

『インゴルシュタットの子ども』の中で、キニャールは「シンパシー」という表現に言及している。一緒に強く感じるという意味であり、自然に共感するという意味を含意するものの、そのニュアンスは「もののあはれ」よりも一層激しいように思われる。たとえば読書や観想、もちろん翻訳行為や芸術創造でもよいが、「シンパシー」という語を用いた場合には、幻惑状態の中で死に呑み込まれゆく対象の動き、あるいはそれに伴う変化に完全に同期するという意味合いが生じている。自他の区別が霧消するほど強力な同一化が問題となる以上、あはれという感情がそこに生じる余裕すらなく、落下のめくるめく眩暈しかない。こうした忘我の感覚の中で、同化した対象と一緒になってみずからも変容する、それが共感《シンパシー》の真の意味なのだろう。それはある意味、他者の助けを借りて、自分自身に別れを告げる振る舞いでもある。

小説『アマリアの別荘』の主人公アン・イドゥンは、母親を亡くしたばかりの親友ジョルジュに向かってこう告げる。「ジョルジュ、あの恐ろしい……いいえ、あの素晴らしい別離の入り口にわたしも立っているの」

小説『アルビシウス』で、影たちのさまよう場所は「第五の季節」と呼ばれていた。言語世界の此岸に滞留する非時間的なこの第五の季節にちなんで、望む分だけ再生と誕生を試みることのできる別離に特有の時間を、第六の季節と名付けることはできないだろうか。『アマリアの別荘』の登場人物たちは、人生の節目に別離の儀式を行う。去りゆく者はさようならを言う代わりにピアノに向かって最後の曲を演奏し、残響が消えぬうちにその場を立ち去らねばならない。


ル・アーヴルから日本へと続く旅で、キニャールは幾度もピアノでの贈り物をしてくれた。そのひとつひとつが別離の曲であったことは間違いない。忘れがたい音色を響かせたその共犯者は、ステファン・レ＝ポレロ、ヤマハ、ベヒシュタインだ。


二〇一九年十二月三日、作家としてのキャリア全体に対して授与されるマルグリット・ユルスナール賞を受賞したキニャールは、パリの市民著作権協会（ＳＣＡＭ）で行われた記念講演で、「夜の潜水夫」と題された文章を朗読した。

古代ギリシアの青年レアンドロスは、アフロディーテの祝祭日に出会った女性ヘーローを一目見て恋に落ちる。だが、女神官であるヘーローはセストスの岸辺の塔に隔離されており、彼女に会うためにはヨーロッパとアジアの両岸を分かつ海峡を渡るよりほかに手立てはなかった。恋人が会いに来るのを待ちわびながらへーローが岸辺で照らす松明をただひとつの目印に、毎晩、激しい海流との格闘の末に無事海峡を超えて、レアンドロスは対岸の塔へと赴いた。冬のある晩、激しい嵐が起こる。それでもレアンドロスはいつものように対岸を目指し、荒れ狂う波間を懸命に泳いだ。ふと気づくと、辺り全体を暗闇が支配していた。へーローが照らす松明の灯が、突風でいつのまにか消えてしまっていたのだ。その夜、ついにレアンドロスが塔の上に現れることはなかった。翌朝、浜辺の岩に漂着したレアンドロスの残骸を見つけたへーローは、愛人を追って海に身を投げたという伝説だ。

岸辺にたどり着いた遺骸は、闇との格闘の名残であり、芸術作品の隠喩でもあるだろう。授賞式当日、朗読に続いてピアノ演奏を行ったキニャールは、サント＝コロンブやシュザンヌ・ジローの曲と並んで、『岸辺の歌』を披露した。演奏された『岸辺の歌』には、装飾音にも似た高音のトリルが新しく付け加わっていた。「長崎の鐘の音を最後に加えたけれど、気づいたかい？」と、レセプションでキニャールが話しかけてくれた。あの晩、会場に響いた鐘は弔鐘だったのだろうか。いや、新たな始まりを告げるジュビレの三つの鐘だったと信じたい。

自然の胸中に飛び込んでいくことこそ、究極の共感《シンパシー》だ。前回の来日の際、わたしたちは東京のほかに京都を訪れた。寺や庭園をめぐり、幾重にも重なる赤い鳥居の下をくぐった。「鞍馬への旅路は木々の世界の横断でもある。楓や杉を仰ぎ見る二三の村落をのぞけば、あとは溶岩流のように沸々と泡を立てながら灰色の屋根板の上にせまり来る、辺りいちめん旺盛な緑の世界。不遜ともいえる起伏の中を電車は進んでいく。まるでそれが初めての体験でもあるかのように、毎度驚いた様子で、窮屈そうに道を開いていくのだ。そして、とつぜん樹林の中から現れ出たのは、最後の最後にようやく出来たような狭い細道だった」と、クリスチャン・ドゥメは書いている。

隠遁もまた、共感《シンパシー》の一形態であるだろう。『方丈記』の作者鴨長明は、京都の外れの日野山に隠棲し、季節の巡りを眺めながらつれづれに過ごした。「春は、藤波を見る。紫雲のごとくにして、西方ににほふ。夏は、郭公を聞く。語らふごとに、死出の山路を契る。秋は、ひぐらしの声耳に満てり。うつせみの世を悲しむかと聞こゆ。冬は、雪をあはれぶ。積もり消ゆるさま、罪障にたとへつべし。〔……〕もし、跡の白波に、この身を寄する朝には、岡の屋に行きかふ船をながめて、満沙弥が風情を盗み、もし桂の風、葉をならす夕には、潯陽の江を思ひやりて、源都督の行ひをならふ。もし余興あれば、しばしば松の響きに秋風楽をたぐへ、水の音に流泉の曲をあやつる。芸は、これつたなけれども、人の耳をよろこばしめむとにはあらず。ひとり調べ、ひとり詠じて、みづから情を養ふばかりなり」

琵琶の弦を震わせること、ピアノの鍵盤を叩くこと、万年筆のペン先を紙に押し付けること、パソコンのキーボードを叩くこと、これらの所作に共通するのは、一瞬先の世界がどんなものかは一切気にもかけず、夢見るようにただ身をゆだねることへの抗いがたい欲求ではないだろうか。池に跳び込む芭蕉のカエルのように。

七十歳を祝して、パスカル・キニャールは次の詩句を自分自身に贈った。

ある日、櫛は髪を見捨てる
フォークは口を見放す
万年筆は黙り込む

インクの黒い滴が
はがねのペン先で
突然、宙に浮いて止まる

老いの中にだって扉はある
何かが起こる、真新しい
まったく新しい何かが
使い古された意味の中に
そして
ひらく
気高く
ますます悲しげに、ますます気高く
残された日々のなかで

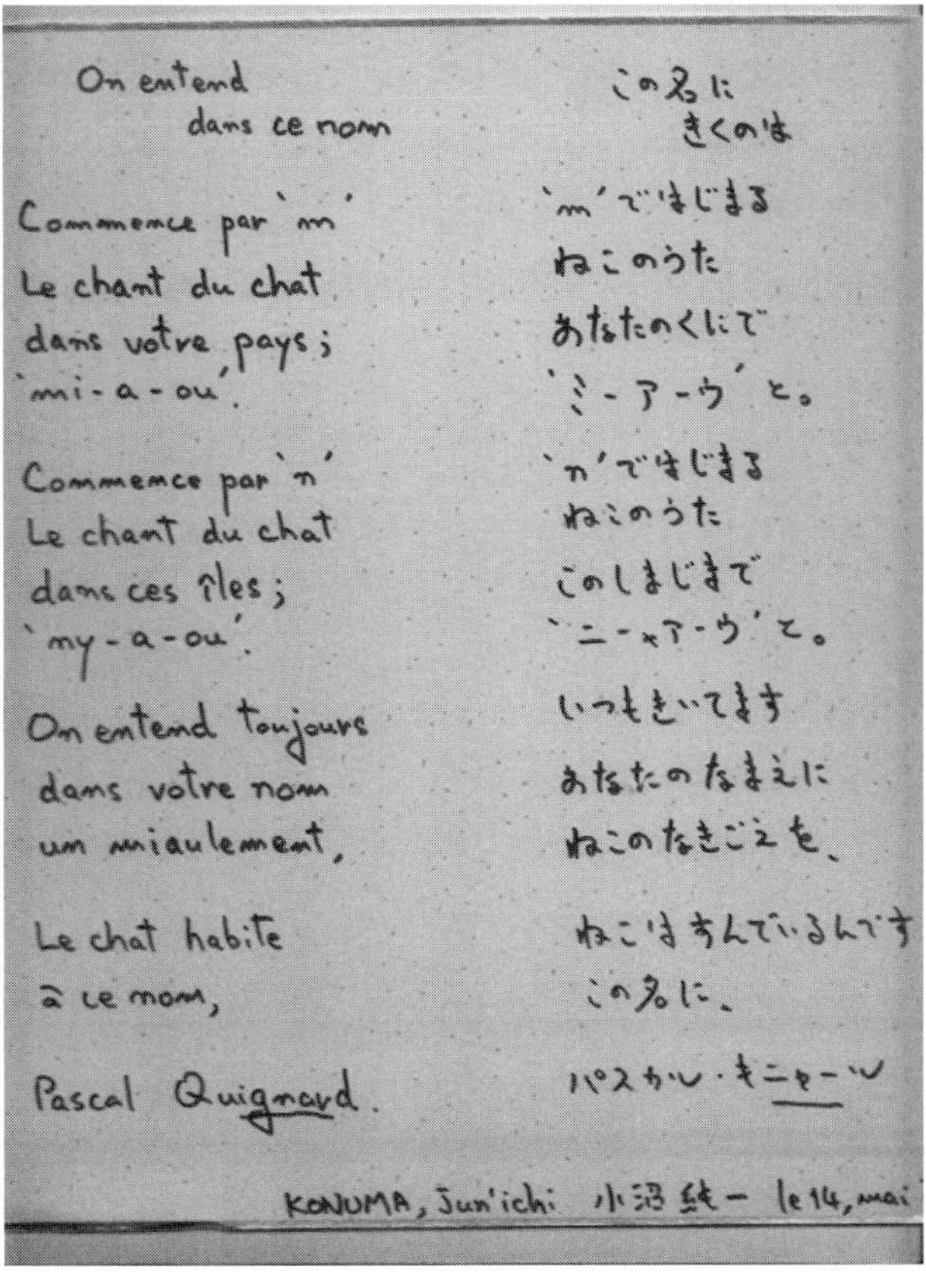
On entend
dans ce nom

Commence par 'm'
Le chant du chat
dans votre pays;
'mi-a-ou'.

Commence par 'n'
Le chant du chat
dans ces îles;
'ny-a-ou'.

On entend toujours
dans votre nom
un miaulement,

Le chat habite
à ce nom,

Pascal Quignard.

この名に
きくのは

'm'ではじまる
ねこのうた
あなたのくにで
'ミーアーウ'と。

'n'ではじまる
ねこのうた
このしまじまで
'ニーャアーウ'と。

いつもきいてます
あなたのなまえに
ねこのなきごえを。

ねこはすんでいるんです
この名に。

パスカル・キニャール

KONUMA, Jun'ichi 小沼純一 le 14, mai

9 小沼純一氏から贈られた詩

CINZANO

Colloque International
Pascal Quignard :
la Littérature à son Orient
2013
11月16日 土
11月17日 日
Les 16 et 17
novembre 2013 (sam. dim.)
国際シンポジウム
パスカル・キニャール
―文学の東方―

パスカル・キニャールとの対話

フランスの現代作家パスカル・キニャールが5年ぶりに来日する。今回は、日仏会館での「旅」をテーマにした学術的な国際シンポジウム、長崎での個人的な朗読パフォーマンスの試みの他に、東京大学駒場キャンパスでもささやかな対話の場を設けることになった。五つのテーマを設け、八名の日本人読者がそれぞれの視点でこの多面的な作家に切り込んでゆく。

【プログラム】

15:00 ~ 15:05 開会の辞（桑田光平）

15:05 ~ 15:20 朗読（パスカル・キニャール）

15:20 ~ 15:50 セッション1：「古典」 登壇者：田村隆、日向太郎

15:50 ~ 16:20 セッション2：「エクリチュール（書くこと）」
登壇者：磯崎憲一郎（作家）、青山七恵（作家）

16:20 ~ 16:30 休憩

16:30 ~ 17:00 セッション3：「パフォーマンス」
登壇者：パトリック・ドゥヴォス

17:00 ~ 17:30 セッション4：「音楽」 登壇者：長木誠司、小沼純一

17:30 ~ 18:00 セッション5：「歴史あるいは夜」 登壇者：田中純

18:00 ~ 18:10 閉会の辞

場所：東京大学駒場キャンパス18号館ホール
日時：2018年5月12日（土）15時～18時10分
使用言語：日本語（フランス語通訳あり）

主催：科学研究費基盤(B)「「同時代性」の探究：思想史・芸術学・文化ポリティクスからの複合的アプローチ」（研究代表者：長木誠司）、表象文化論研究室
問い合わせ：kkuwada@chora.c.u-tokyo.ac.jp（桑田光平）

Voyages,
traversées de langues
Fabrique de la littérature avec Pascal Quignard
COLLOQUE
International
国際シンポジウム
旅、ことばからことばへ
パスカル・キニャールと文学のアトリエ
2018年5月13日（日）
10：00－17：40
日仏会館 1階ホール
〒150-0013 東京都渋谷区恵比寿3-9-25
Tel. 03-5421-7641 / Fax 03-5421-7651
午後同時通訳付（午前の部は日本語テクストを配布）
参加費無料 ／ 要事前オンライン申し込み
URL：www.mfg.gr.jp
主催：日本フランス語フランス文学会（S.J.L.L.F.）、日仏会館・フランス国立日本研究所
共催：筑波大学
後援：在日フランス大使館／アンスティチュ・フランセ日本
助成：科研費「国際情報発信強化（B）」課題番号17HP2003
関連イベント
パスカル・キニャールとの対話
会場：東京大学駒場キャンパス18号館ホール
日時：2018年5月12日（土） 15時～18時30分
言語：日本語（フランス語通訳付）
料金：入場無料
問い合わせ：E-mail: tkuwada@chora.c.u-tokyo.ac.jp（桑田光平）
作家50年目の夜
会場：長崎大学文教キャンパス内長崎創楽堂
日時：2018年5月16日（水） 19時～20時30分
料金：一般2,000円／大学生1,000円
問い合わせ：Tel: 095-819-2343
（長崎創楽堂を活用したアートマネジメント育成事業事務局）

11　岸辺の歌

パスカル・キニャール

蒼い海の淵
蒼い
空の谷

大地は？
空の地は？
海に出ずる地は？
大地　岸にすぎず
谷べ　岸にすぎず
せせらぎ　岸にすぎず

川じり　岸にすぎず
言の葉　岸にすぎず

空の峰　流るる
人の身　たゆたう
浮世の岸

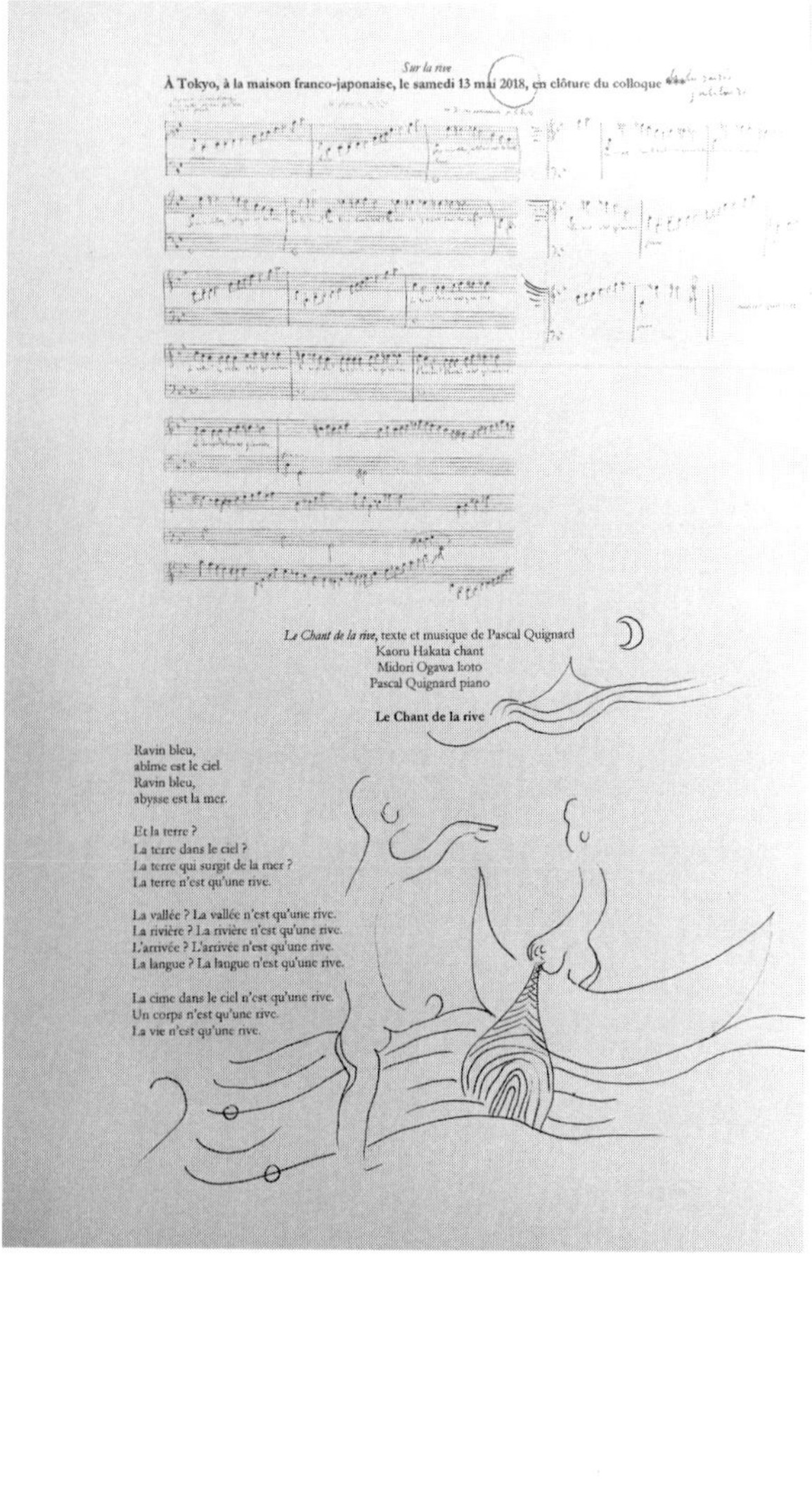

Sur la rive

À Tokyo, à la maison franco-japonaise, le samedi 13 mai 2018, en clôture du colloque

Le Chant de la rive, texte et musique de Pascal Quignard
Kaoru Hakata chant
Midori Ogawa koto
Pascal Quignard piano

Le Chant de la rive

Ravin bleu,
abîme est le ciel.
Ravin bleu,
abysse est la mer.

Et la terre ?
La terre dans le ciel ?
La terre qui surgit de la mer ?
La terre n'est qu'une rive.

La vallée ? La vallée n'est qu'une rive.
La rivière ? La rivière n'est qu'une rive.
L'arrivée ? L'arrivée n'est qu'une rive.
La langue ? La langue n'est qu'une rive.

La cime dans le ciel n'est qu'une rive.
Un corps n'est qu'une rive.
La vie n'est qu'une rive.

12　長崎

小川美登里

旅の逗留先に長崎を入れようと最初に提案したのはわたしだったのか、それともパスカルだったのか。少なくとも、パリの彼のアパルトマンでジュビレという言葉を初めて聞いたときに、長崎の名が挙がったことはたしかだ。東京と違う街を知ってほしいという気持ちが心のどこかにあり、彼の小説の多くの舞台でもある海のイメージが真っ先に頭に浮かんだ。そうでなくとも、東西の思想や文学に精通する碩学の作家と、異国情緒溢れる長崎の雰囲気はぴったり重なった。

「じゃあ、長崎に行こう」、とパスカルも同意してくれた、そう記憶している。そしてこう付け加えたことも。「広島については、僕らの敬愛するマルグリットが素晴らしい作品を残しているから、僕らは長崎にしよう」。茶目っ気たっぷりにこうも言った。「ベルイマンの『野いちご』のような旅にしよう。僕はジュビレの旅に出る老教授を演じ、自分の七十歳の記念と原爆の慰霊の詩を波止場で朗読するから、君たちはそれを撮影する。そんな旅はどうだろう」。壁一面に愛読書や蔵書が並び、書棚の最上段には秘密の読書カード――彼の作品の大切な着想源でもある――を収めた書類ケースがアルファベット順に並べられて整然と鎮座している。その対面の壁際には電子ピアノが置かれ、たくさんの楽譜が積み上げられている。音楽と文学を等しく愛する作家の内面をそのまま空間化したようなアパルトマンのサロンで、その日の午後、まるで新しいいたずらを思いついた二人の子供のように、わたしたちは笑いあった。

パスカル・キニャールと長崎との結びつきはある意味、運命的ともいえるものだ。キニャールの故郷ル・アーヴルと長崎はともに港町であるうえ、前者はノルマンディー上陸作戦、後者は原爆投下によって壊滅的な被害を受けた。このように歴史に翻弄され、大惨事に見舞われながらも、悲劇に屈しない底力と知性を備えている点でも、両者は共通している。その理由はおそらく、都市の一部が海上へと開かれ、常に逃走線が引かれていたことに加えて、長い年月をかけて海道から多様な文化や価値観が流れ込んでいたからだろう。光と闇という二つの側面をもつ都市がル・アーヴルであり、長崎なのだ。

わたしたちの長崎滞在は、完全に思い描いていた通りにはいかなかった。博多かおるさんの企画で、二台のピアノによるリサイタルが行われることになったからだ。リサイタルは「作家五十年目の夜」と名付けられ、アンスティチュ・フランセ九州の主催で、五月十六日に長崎創楽堂ホールで行われた（会場と楽器を提供してくださった長崎大学、そして長崎大学の堀内伊吹先生と新井友梨さんにはこの場を借りて感謝したい）。二台のピアノによる二人のピアニストの対話という独特の演奏スタイルを実現するために、創楽堂のスタンウェイに加えて、さらにもう一台のピアノ――ヤマハのグランドピアノ――が、博多さんの古い友人の仲介で搬入された。向かい合って置かれた二台のピアノで舞台が埋まってしまうほど小さなホールの、その家庭的な雰囲気とは裏腹に、高まる観客の期待感からか、霊感を受けたような静寂が生まれていた。ホールはさながら小さな礼拝堂のようだった。

リサイタルでは十四曲が切れ目なく演奏された。キニャール作品と津波への想いをもとに博多さんが選んだ八曲（日本を代表する作曲家の細川俊夫や渡辺俊哉のほか、パーセル、メシアン、シューベルトらの作品が並んだ）が、豊かな音の波となって滔々と紡ぎ出される合間に、みずからの作品に着想を与えた音楽をキニャール自身が演奏するという形で、リサイタルは進行した。そして最後に、ル・アーヴルでの「大潮の儀式《ラ・マール・マレ》」のときと同じように、クープランの『さまよえる影たち』が交互に演奏され、リサイタルは幕を閉じた。

その日、聴衆のひとりとして来場し、取材を行った長崎出身の小説家小山内恵美子氏は、二〇一八年六月十三日付の日刊紙『西日本新聞』の文化欄で、リサイタルの印象をこう綴っている。「正直、あっけにとられた。彼自身はほとんど語らないまま、コンサートが一時間で終わってしまったのだ」。驚いた小山内氏が、リサイタル終了後キニャールに直接質問をぶつけると、次のような答えが返ってきたという。「原爆資料館を訪れ、死者のさまよえる影を感じた。死者に捧げる今回のコンサートは、音楽のつながりの中にさまざまな応答や深い沈黙を感じる方がふさわしいと思った」。小山内氏の寄稿文は次のように結ばれている。「長崎は歴史的に多くの血が流れた土地だ。彼はどのような死者の声を聴いたのだろう。耳をすませ、声なき声を聴くことこそ、文学の仕事ではないか。沈黙のうちにそう問われている気がして、圧倒された」。たしかに、当日のプログラムの下には小さく、「作家の強い希望により、本日公演では作品朗読は行わない」という但し書きがあった。長崎に到着してからの短い間に、作家の心境に深い変化が生じたにちがいない。事実、リサイタル当日の午前中、わたしたちは一緒に長崎原爆資料館を訪れていたのだ。

原爆資料館の展示物が与える圧倒的な現実は、一旅行者がそれを受け止めるにはあまりにも重く、それを知識や言語にすぐさま置き換えられるだけの知恵や軽薄さを持ちあわせていない場合にはなおさらのこと、沈黙の前に首を垂れるよりほかないだろう。だからわたしも慎重さを失わず、わたし自身が知る身近な事実から始めたい。五月十六日のリサイタルの舞台となった創楽堂は、長崎大学文教キャンパスの一角に位置している。そこにはかつて三菱兵器大橋工場があった。終戦前の工場の従業員は約一万八千人を数え、月に二百本以上の魚雷を生産していたという。一九四五年八月一日の空襲では二五〇キロの爆弾が落とされたが、工場の外壁がわずかに損傷しただけですんだ。ところが、原爆投下では壊滅的な被害を受ける。その結果、二千人以上が命を落とすこととなった。

長崎大学文教キャンパスにほど近い同大学の坂本キャンパスには、かつて旧制長崎医科大学があった。一九四五年八月九日午前十一時二分、長崎に原子爆弾ファット・マンが投下されたとき（爆発のエネルギーを示すTNT換算によると、ファット・マンは数日前広島に投下されたリトル・ボーイの一・五倍の威力だった）、旧制長崎医大は爆心地からわずか六百メートルの距離にあった。原爆投下で施設内のすべての建造物が倒壊し、一瞬にして火の海と化した。講義中の教官や学生たちに加え、診察を行っていた医師や看護婦たち、治療に訪れていた外来患者や入院患者までもがすべて犠牲となった。一九三〇年に長崎で生まれ、学徒動員中の十五歳で被曝した林京子の小説『祭りの場』にも、「長崎医科大学は学長以下教職員など八五〇余名の死亡者を出した。文字通り壊滅」という記述がある。目も眩むほどのまばゆい光が窓の外いっぱいに広がった瞬間、午前の講義の最中だった学生たちには、逃げ惑う間も、自分の身に何が起こったかを考える隙すら与えられず、みな一斉に、あっという間に死に捉えられた。林の小説には、原爆投下から数日経っても息子の死を信じることのできない父親のひとりが、講義棟のあった場所を尋ねる場面が描かれている。講義室のあった場所をなんとか見つけ出し、その床を見ると、骨と灰の山が大きな輪をなしている。すべてが骨と灰に化したのだ。教室中を見回しても、息子の遺骸と断定できる証拠を見つけることができない。父親は床に座り込んで、骨と灰の山を根気よく探っていく。必死になって灰をまさぐり続けるその手に、ふと硬質な物体の感触が伝わる。万年筆のペン先だ。そのとき父はようやく納得する。「頑丈なペンは息子のものである。わたしの父が入学祝いにドイツ製の万年筆を贈った、そのペン先である。耐えていた涙が一気に溢れて、死んだか、死んだか、と両手で灰を撫でた」

長崎市内のほかの多くの場所と同じように、創楽堂のある場所でもかつて多くの人命が失われた。彼らの無念を鎮めるにはあまりにも微力だったかもしれないが、五月十六日のリサイタルはたしかに死者たちに語りかけたのだ。気の利いた言葉よりも音楽で語りかけようとしたキニャールは、死者たちのさまよえる影を感じ取っていたに違いない。

なぜ言葉は無力なのだろうか。沈黙とはなにか。長崎で多くを語らず、死者の影を感じ、彼らの声なき声を聞くことに専心したキニャールに倣って、本章を光と影と沈黙に捧げたい。

二〇一八年五月十六日午前、わたしたちは長崎の原爆資料館を訪れていた。当時の状況を伝える説明文を添えた展示物や写真、オブジェなどをひとしきり鑑賞した後、最後の展示室を出た廊下に、すらりとしたシルエットがたたずんでいた。シルエットに向かって手を振ると、わたしの方に近づいてこう言った。「ミドリはサイキック・ナミングという言葉を知っているか？」その言葉を聞いたのは初めてだと答えると、被爆者に特有の精神状態として発見されて命名された言葉だと説明してくれた。その後、サイキック・ナミングが日本語では「精神的無関心」と訳されていることを知り、さらにほどなくして、二〇一九年にフランスで刊行されたキニャールの著作『人生は伝記ではない』の第一章のタイトルがサイキック・ナミングなのを知って、さらに驚いた。そこでは次のように説明されている。「人は人生の大半を要して、外傷を受けた領域を活性化しないようにつとめる。ひどく傷つき、敏感で、子供じみた、粗野で言葉のない生のその部分は、まるでカプセルの中に入れられたかのような状態になる。アクセス不能になるのだ。一九四五年、長崎の医師たちは、精神の無気力状態について言及していた。言語を習得するにつれて、かつて痛みを経験した部分は、見えない場所へと変化する。言語がそれを包み、押さえ込み、見えなくするのだ。だが、不幸なことに、心の底の見えない場所では、おそろしい侵食作用が止むことなく続き、決して同化されることのない秘密の場所での局所的な挫傷や混乱、発熱、腐乱、あるいは興奮状態となって続く。〔……〕そして身体はとつぜん何かに襲われ、その原因を知ることなしに一種の警戒状態へと導かれる。かつて身体に闖入した敵がなんであったのかについても、攻撃や苦悩を与え続けるものの正体についても、身体は知ることができない。なぜなら、身体がいくら問いただしたところで、心はそのときまだ完全に形作られていなかったのだし、近親者や集団の話す言語の波にもまだ呑み込まれてはいなかったからだ」。キニャールがここで語るサイキック・ナミングとは、ことばが到達できない領域に取り残された心の傷、すなわち外傷のことだ。その傷は言語によって可視化され、客体化され、理解されるどころか、ことばによってますます隠蔽され、歪められていく。だが、その傷が存在する証拠に、身体は理解不能な症状に悩まされる。それが精神的無関心《サイキック・ナミング》と名付けられた症状である。長崎の被爆者をめぐって発見されたとキニャールは書いてはいるが、被爆者に特有の症状とは断定していない。むしろそれを普遍的な事実、つまり言語が脳内に居座るよりも前、いまだ記憶の機能すら確立されていない時期に生じ、その後、時間とともに治癒するどころか、心の奥で秘密裡に痛みを訴え続ける傷とみなしている。作家の感性が長崎の死者の魂と共鳴しえたのも、彼自身の中にそうした傷があったからこそではないだろうか。

　アメリカの精神科医ロバート・J・リフトンは、一九六八年に出版された五百ページ以上にも及ぶ大著『死の内の生命――ヒロシマの生存者』で、精神的無関心《サイキック・ナミング》に触れている。独裁主義体制下の暴力や大型破壊兵器使用の影響などの研究に生涯を捧げたリフトンは、一九五一年から一九五三年にかけて日本と韓国のアメリカ軍基地に滞在した。『死の内の生命』の中では、生存者をめぐる章に精神的無関心《サイキック・ナミング》が登場する経緯からしても、それが生存に関わる根源的な態度に結びつく何か、とりわけ生き延びたがゆえの罪悪感と死の不安に関係する概念であることが理解できる。大惨事を生き延びた経験を幸運とみなすことを妨げ、生と死を分かつ深い深淵に彼らを引きずり込もうとする、きわめて痛ましく、特異な状況がここでは問題となっている。リフトンによると、死の不安と生の罪悪感から逃れるために生存者が示すもっとも特異な反応が、感情の機能停止である。「広島の実態調査から見た所見として、われわれは、このような反応が急性的な形をとるものを『心理的閉め出し《サイキック・クロージング・オフ》』と呼び、もっと慢性的な形をとるものを『精神的麻痺《サイキック・ナミング》〔無関心〕』と呼んだ。そしてここでは、精神的麻痺が生存者の生活様式全体を特徴付けるものになっていることを示唆しておきたい」、とリフトンは記している。

　こうした麻痺状態は、罹患者の生活態度に影響を与えるだけでなく、彼らの人格に取り憑き、その運命を支配することすらある。もっとも比較が容易なのは強制収容所の例だろう。みずからもダッハウとブーヘンヴァルトの収容所を体験した精神分析家のブルーノ・ベッテルハイムによると、抑留者の多くにとっては、「内なる自我」を形成することで収容所の現状に甘んじる自分自身を客体化し、それを「内なる自我」と切り離すことによってなんとか生き延びていたという。また、収容所内で文字どおり歩く屍と化した瀕死の抑留者を「ムッセルマン」〔イスラム教徒の異名〕と呼び、自分たちと区別することで生の側にとどまろうとした収容者の例も報告されている。アウシュヴィッツでの体験を『これが人間か』という書物として世に問うたプリーモ・レーヴィは、収容所の仲間でもっとも死に近い人々を「ムッセルマンの群れ、あの土左衛門たち」と名指し、彼らこそが収容所を支える柱だったと回顧している。極限状態の中で生に固執する人々、幸運にもまだそうした余力を持ち合わせていた人々にとって、ムッセルマンは死に魂を売った人々、あるいはみずから死を生み出す悪の象徴にすらみえたのだ。だが、その一方で、ムッセルマンの側にいた人々の心理状態は果たしてどうだったのだろう。彼らこそ、生きながらにして死んでいる状態を余儀なくされた存在、生死や善悪といった倫理的価値や理念から切り離されてしまった人たちなのではないだろうか。ムッセルマンの存在は、生への執着と同程度に、人が死への憧憬をも持ちうることを示している。少なくともリフトンはそう考えた。

生存者にとって、自分自身を死者と峻別し、生者の側に身を置くことの難しさはそこにある。自分が生きているのか死んでいるのか、あるいはまだ人間なのかという問いがたえずつきまとうからだ。一度死の洗礼を受けた者にとって、言葉はもはや無用の長物でしかなく、身体を揺さぶり続ける不安や痛みとなって彼らを襲う。無気力や絶望感、ときに激しい怒り――。

自分自身が答えのない問いの的となってしまった以上、ときに死者ときに生者と闇取引をしながら生きながらえる両義的な存在になるよりほかない。こうした理由から、リフトンは生存者《サヴァイヴァー》を地下状態《アンダー・リヴィング》の生と言い換えている。生と死の区別を基底とする人間社会のなかで、非合法な存在者となってしまったのが彼らなのだ。個人的尊厳や人間的基盤など、生きるための倫理的基準を失った彼らに戻る場所はなく、未来に向かって一歩前進するたびに、自分がさらに得体のしれない何かに転じてしまうのではないかという不安に駆られる。それまで拠り所だった心の場所ですら、いまや死の象徴に支配されている。どんなに過去を振り返ってみても、思い出すのは強烈な死の体験以外にはなく、それ以前の平凡で幸福だった人生は、記憶のはるか彼方の曖昧模糊とした前世に追いやられ、そうでなくとも理想郷のような虚像にすでに侵食されてしまっている。その結果、語ることの難しさと想起することの苦しさが、分厚い沈黙のヴェールで生存者たちを覆うのである。しかし、たとえそうであっても、わたしたちが彼らの経験をほんの一部だけでも理解することは不可能ではない、とリフトンは主張する。なぜならわたしたちは誰しも、グロテスクなまでに不条理な死を発明した人類の一員なのだから。彼らの経験と恐怖を共有できる可能性が少しでもある以上、生存者の沈黙に寄り添い、耳を傾けるのがわたしたちの使命ではないだろうか。幾重にも重なり合った沈黙のヴェールの重みや、冷たいその手触りを感じ取るために。

不条理な死の発明品の最たる例、現代におけるその申し子である核と人間の関係を論じたドイツの哲学者ギュンター・アンダースは、「アポカリプス不感症」という挑発的な言葉でそれを表現した。アポカリプスと不感症という、普段なら結びつきようもない両者の連想、強い語義をもつふたつの単語を意図的に結びつけた背景には、人間が行使できる想像力の限界と、科学技術が生み出した生物殺傷能力との間に横たわる大きな落差に人々の注意を向けさせ、さらにはその落差を埋める努力をしないかぎり、無知と無関心の中で虐殺が繰り返されかねない人類の危機に対して警鐘を鳴らすという意図があった。そうした落差への無知、いわゆるアポカリプス不感症に罹った政治家や科学者たちが、かつて原子爆弾の使用を称揚し、多くの犠牲者を生み出した事実は誰もが知るところである。原爆の死者たちにとってみれば、自分の身に起こったことや死の原因についてなにひとつ正確に知ることなく、帰らぬ人となったのだ。アポカリプス不感症に支配された世界では、出来事の因果関係はどれも、後付けの口実でしかなくなってしまう。林京子の小説『祭りの場』は、長崎への原爆投下が偶発的理由によって決定された事実を強く印象づけている。小説冒頭を引用しよう。

当初、主要目標は小倉、第二目標が長崎だったが、原爆を乗せたB29が小倉上空に着いたとき、三度も旋回しながらも厚い雲のせいで街が確認できず、燃料不足を考慮して、第二目標の長崎攻撃に転じた、とある。〔……〕長崎市に潜入したB29は二機で、先導機の一機が落下傘に吊るした観測用ゾンデを投下、続いて原爆搭載機が、僅かに切れた雲の間から長崎製鋼所をみつけ、間髪入れず投下ボタンを押した。長崎製鋼所は浦上駅に近い浜口町にある。十一時二分、松山町四九〇米上空で白い落下傘に吊るした原爆は炸裂した。

午前十時ごろ警戒警報が発令されたが、爆発時、警報は解除されている。

一瞬の出来事だった。広島でも長崎でも同じように、人々が一瞬にして放射能の光と炎に包まれた。誰もがその瞬間、死を体験した。たとえ運良く生き残ったとしても、生存者の身体は大きな損傷を受けた。そうした生存者のひとりとなった林京子の小説の結末は、いわば結末のない終わり、原爆投下という出来事の終わりのなさを告発する。彼女の文体は鋭いナイフとなり、終わらないこの悲劇にありえない幕引きを謀ろうとしたアメリカと、その背後にいるアポカリプス不感症の人々に差し向けられる。「アメリカ側が取材編集した原爆記録映画のしめくくりに、美事なセリフがある。『かくして破壊は終わりました』」。言語を絶する苦しみに加えて、被爆者たちが黙する理由のひとつは、出来事が起こったその一瞬の時間と、それがもたらした悲劇が告げる永遠の瞬間という異常事態の間にある、不条理で修復不可能な関係性にあるのかもしれない。

一瞬の出来事――。その出来事の証人になることができたのは、TNT火薬換算で二万二千トンのエネルギーを直接浴びながらも、それに抵抗できたものだけ、だがそれすら無疵であるはずもなく、大きく歪んだ姿で辛うじて生き残った。長崎原爆記念館の第一展示室の入り口には、フレームが大きく曲がり、スチール製の文字盤が波打つように大きく歪んだ姿で、午前十一時二分を指して止まっている柱時計がある。展示室には同じく、その一瞬を生き延びたオブジェたちが置かれている。熱でねじ曲がり、腰のぐにゃりと折れた酒瓶、風圧であちこち引き裂かれた衣服や黒焦げの弁当箱――。これらのオブジェはどれも、原子力爆弾の衝撃波に多少なりとも抵抗できる身体を持っていた。それに比べると、これらを道具として生活していた人々の生身の身体のいかに脆いことだろう。

その一瞬とは光だった。長崎原爆投下の三日前に広島を襲った原爆の被爆者への取材ノートを元に執筆された大江健三郎の『ヒロシマ・ノート』には、「強烈な光のため、焼けなかった人も一瞬にして盲目になったり、やがて失明した人がいた」と記されている。「あの凄まじい光の一閃の後失明した人々の数は、厖大だったことだろう」という記述もある。原爆という聞きなれない言葉は人々の間ですぐには定着せず、被爆直後、広島の人々は謎の爆弾をピカドンと呼んだ。ピカは閃光、ドンは爆音を示す擬音語である。この言葉の意味からも、原爆の体験者の多くにとって、それがまず光の疾駆として把握されたことがわかる。原爆をモチーフとして初めて出版された絵本『ピカドン』には、そうした光の威力が書かれている。「八時でした。ピカッと光りました。それは、まだだれも見たことのないピカでした。おばあさんはドンともガンとも感じないのに、天井も屋根も一しょにおちて来て、床ははね上がり、あいだにおさえつけられていました」

この未曾有の光の経験を写真技術と結びつけたひとりの思想家がいる。一九四九年生まれのフランスの作家ジャン＝クリストフ・バイイだ。この比較が読者にもたらす気まずさを十分承知のうえで、バイイは倫理的論点をひとまず脇に置いて、慎重に議論を進める。彼の注意を最初に引いたのは、アメリカ空軍が所蔵していた広島と長崎で撮影された二枚の写真である。一枚目の写真には、農家の壁に架けられた梯子と壁に映し出された影が、もう一枚の写真には、同じような人家の壁の表面に輪郭の刻印された梯子と人物両方の影が写っている。一見、何の変哲もないこれらモノクロームの写真と、原爆記念館に収められたオブジェとの間に、バイイは共通点を見出そうとする。というのも、「ヒロシマとナガサキの出来事をめぐるイメージに関するもうひとつのカテゴリーが存在し、その多くが原爆投下後の様子を写し出しながらいまや記憶の中に根を下ろしたイメージ、比類ない爆発の激しさを表すイメージによって構成されている。ここではイメージと呼んではいるが、実際には破壊され変容を被ったオブジェたちのことであり、そうしたオブジェもまた、言ってみれば出来事を写し取った写真なのだ」、と結論づけているからである。乱暴な言い方かもしれないが、光エネルギーという視点に限定するという条件で、都市全体を被写体とみなして、かつて類をみない規模で行われた写真撮影に原爆を比較できるというのである（当然ながら、この場合、原爆投下直後に実際に起こった火災は括弧にくくり、原子爆弾が発した光については、それを本質にまで純化された光そのものとして理解する必要があるが）。そう仮定して初めて、原爆と写真に共通するいくつかの定理を導くことができる。

被写体に強い光を当て、フィルムへの感光を通して像を焼き付ける写真技術は、原爆という未曾有の光の効果が人々に印象付けたように、像の対価として被写体そのものを滅ぼす、あるいは死に至らしめるというその本質を暴露する。原爆投下後に生き残ったもの、遺されたものは、ある意味、実体ではなくてその影なのだ。光の体験がほかならぬ被写体の存在奪取に基づくということの事実を証すのが、先のアメリカ空軍による二枚の写真である（写真には壁に残された事物の影だけが写され、事物そのものは消失している）。一瞬にして訪れた滅びが、陰画《ネガ》の形で壁に焼き付けられたと言い換えてもよいだろう。写真とはそもそも、ある事物の存在をめぐる事実確認にすぎないとロラン・バルトは述べているが、そのとき写真は事物の痕跡だけをイメージという見える形で提示し、事物が実際に存在していた過去の時間と、そこにあったはずの存在の厚みを奪い去ってしまう。

その一方で、バイイの眼差しは、像という形で写真に残された事物の不在の存在へも向けられる。先の写真の例でいえば、影として刻印された梯子や人物への注視だ。影あるいは痕跡となった事物たちは、単に爆発時の衝撃の凄まじさを伝えるだけでなく、爆発のさなかで起こった論理のほつれ、科学の予測を超えた現象や出来事の証人でもあるからだ。「ここには、明らかに理解の手をすり抜ける何かがある。まるで爆風の極度の激しさと破壊のただなかで演じられた、亡霊たちの奇妙な舞踏を見ているようだ。広島と長崎の原爆の生き証人たちは、それ自体、理解不可能な出来事のただなかで生じた、理解不可能なずれに誰しも驚いたという事実は強調すべきだろう」。死という必然の中の偶然。その日、そこに居合わせた人々のうち、いったい何が死者と生者を振り分けたのか。なぜ梯子は壁に残り、人物の存在だけが奪い去られたのか。一瞬にして消え去ったものと後に残されたものの、それぞれの存在と不在の理由を知ることの難しさが、ひとつの謎となって浮かび上がる。原爆の論理は、傲慢で極限的な光で一瞬、世界全体を満たしたものの、その光の中心の周りには暗く、曖昧で、理解不能な灰色の部分があった。それはひとつの闇となって、生存者を惑わし続けるだろう。生者と死者、存在と不在を分かつ確固たる指標がない以上、両者はもはや互いの存在を無視することなどできない。いかに平凡な事物であれ（たとえば、黒焦げの弁当箱やあちこち破れた服、歪んだ酒瓶など）、残されたものは消え去ったものの全体に対する証人として生き続けなければならないのだ。バイイによる原爆と写真技術の比較は、普段、わたしたちが何気なく切り離しているふたつの世界——光と影、生と死——と、両者の分断のおかげで成り立つ現実の明証性に揺さぶりをかける。なぜなら、闇や死に呑み込まれてしまった者とそれを免れた者は、それがいかに矛盾を孕むにせよ、同時に存在しているからだ。梯子のオブジェと人物の影が写し出された写真にも、焼け焦げた制服や弁当箱にも、不在の人や呑み込まれた者、失われた者、そして死者の影がたしかに住み続けている。

それはあまりにも強烈な光、人々からことばを奪う光だった。ピカはその背後に闇と死と沈黙をもたらした。人類が言語を発明して以来、おそらく初めてことばを失う事態が生じたのだ。原爆とともに言葉が意味をなさない世界が到来した、と言ってもよい。ピカにおける強烈な光の印象は、それが沈黙を伴ったことでより強く意識された、そう大江は『ヒロシマ・ノート』で分析している。爆心地から百メートル地点で被爆しながらも、爆発の瞬間、偶然にも地下室に降りていたために生きながらえることのできた事務員の観察として、大江が報告している文章を引用しよう。

《みな石段に腰を下ろして一所にかたまっている。片眼がだんだん見えぬようになったという女、気分が悪くなったという男、頭が痛むとつげる者、皆それぞれに外部の負傷と内面の故障をもっている。しかし苦しんで声を立てる者はいない。殆ど皆だまっている。》どのような沈黙よりも、もっと苛酷に徹底した沈黙、それは人間が発する《言葉にならないうめき声》であろう。

原爆投下の瞬間、あるいはその直後、どのような沈黙が辺りを支配していたのだろうか。いずれにしても、それがわたしたちの想像を絶するものだったことは間違いない。極限の光が一瞬にして人々から視力を奪い、一時的な盲目状態に陥れたあとで徐々に世界に光が戻ってきた顛末と、その間の神がかった、あるいは悪魔的な沈黙ののちにふたたび音が戻って来たその経過は、果たして一致していたのだろうか。そのとき闇と沈黙はともに手をたずさえていたのだろうか。光と闇とが表裏一体となって沈黙に支配されたその瞬間はむしろ、永遠と呼ぶべき時間だったのかもしれない。そのとき学徒動員で友人の女学生たちと工場にいた林京子は、光と闇の瞬間を次のように描写している。

被爆直後あたりは真っ暗になった。眼をみひらいているのに何も見えない。黒々とした闇があるだけだ。奥ゆきを感じる漆喰の闇なら、闇を見とっている視力があるから不安はないが、眼に貼りつく平面な闇である。眼をやられた、とわたしは思った。洋子も明子も盲になった、と瞬間思い、両手で眼をこすったと言う。閃光をまともに見た者は眼がつぶれた。原爆の火の球は直径七〇メートル、おおよそ一〇〇〇坪の広さになる。

閃光で盲だった人が開眼した噂もあるが、これは嘘だろう。それほど神がかり的脅威を閃光はわたしたちに残した。

絵本『ピカドン』の語り手は「爆心地の話をつたえてくれる人は、いません」と記している。この文章には、出来事の語り手の不在が明示されている。人間存在が消え去ったという事実が暗示されているのだ。

林京子が語るのは彼女自身の体験だ。林は出来事を闇として感知した。ペンキで一面に塗り込められた漆黒のように、厚みのない、皮膚全体に張り付く闇。それは『さまよえる影たち』を上梓したときに、作曲家フランソワ・クープランが思い描いた死者たちの住処とは、あまりにも異なっている。暖かみ、広がり、優しさといった人間的要素を一切欠いた、非人間的な闇。その闇を描くに当たって、林は隠喩を一切用いていない。メタファーや象徴に昇華されず、理想化もされ得ない、言語の此岸にとどまり続け、身体に直接刻み込まれた感覚、実際にそれを体験した人にしか理解できない闇がここでは問題になっている。人類がそれまで経験したことのない未知の闇が、原爆という怪物とともに生み出された、そう言っても過言ではないだろう。

ブラック・アウト後の世界にも、未曾有の光景が広がっていた。その一瞬の出来事のあとには、終わりのないいい世界が続いた。現実となった悪夢が終わることなく続いたのだ。それが被爆者たちにとってのもうひとつの闇をなしている。彼らをより陰鬱な沈黙で包み込んでいる。

爆発の衝撃のあと、生者と死者が相まみえ、混沌の中で共存していた。眼前の光景を織りなす事物の中で、いったい誰が人間と動物、植物、物体、生と死を正確に区別することができただろう。彼らが目にしたのは、人間が人間ではなくなってしまった場面だったのだから。爆発の衝撃後、偶然目にした光景について、林は次のように記述している。

原っぱは閃光で一瞬に消えた。草つみ幼女の中にオカッパ頭の色白の子がいた。〔……〕幼女はオカッパ頭が半分そぎとられて、頬にはりついていた。
ほっかり唇を開いて眼をあけて死んでいた。白い前歯が光って、口もとだけに幼女の可愛さが残っていた。〔……〕

女子挺身隊の少女もモップ状になって立っていた。肉の脂がしたたって、はちゅう類のように光った。

黒い雨が降った。皮膚に残った雨のシミが赤いのを見て、人の血かもしれないと思った少女。風に舞って飛んで来た着物の切れ端に張り付いた、焼けた肉片。黒焦げになって横たわる死体――。これらは人間に関する通り一遍の認識をはるかに超えたイメージをなすいくつかの例である。

みずからも深い傷を負って生存者となった人々には、あまりにも多くの課題が残された。説明不可能な症状に悩まされる人々。大きなやけどを負って苦しみ、あるいは変わり果てたみずからの姿を恥じて生きる人々。原爆症と診断されて、白血病を患う人々――。彼らの沈黙には数え切れない意味が込められている。

原水爆禁止世界大会を取材するために、一九六三年、初めて広島を訪れた作家の大江健三郎は、その後、被爆者たちの証言をもとにみずからの省察を加えた『ヒロシマ・ノート』を上梓した。大江はそこで、被爆者たちに課された外部からの沈黙にも言及している。人間としての尊厳からあえて沈黙を選ぶ被爆者がいる事実について触れたあとで、大江は次の事実を喚起する。一九四六年、米国科学アカデミーによってＡＢＣＣ原爆傷害調査委員会が設立されたものの、そこで収集されたデータは地元の医者にも共有されずに秘匿され、一切の治療行為もなかったこと。また、一九四五年秋には、米軍原爆被害調査団によって「原子爆弾の放射能の影響によって死すべきものはすでに死に絶え、もはやその残存放射による生理的影響は認められない」という誤った（犯罪とすらいえる）声明が出され、生存者たちの声がその後十年間にもわたって封じ込められてきたことなどだ。こうした状況の中で、地元広島や長崎の医師は、患者や自分たちを苦しめる病の正体を手探りで見出すよりほかなかった。『ヒロシマ・ノート』では、被爆者治療に人生を捧げた重森文夫医師の物語が綴られている。重森医師は原爆投下のたった一週間前に広島に赴任し、みずからも被曝しながら生存者を治療した人物だ。ある日、病院の地下室に密閉されていたレントゲン・フィルムが感光しているのに気づく。レントゲンの専門知識を持つ彼は、爆発と放射能の関係をそのとき直感的に理解する。その後も独自の研究を続け、患者たちの症状に白血球の異常が大きく関わっている事実や、原爆症の遺伝性についても探り当てた。

一九六三年の原水爆禁止世界大会でスピーチし、翌年に世を去った宮本貞男さんのことばも、『ヒロシマ・ノート』にはおさめられている。宮本さんはこう訴えたという。「わたしは広島から訴えます。人類初の原爆を受けた広島の街で今もなお、当時の白血病、貧血、肝臓障害などで、日夜苦しみ、悲惨な死への闘いを続けている人々が多勢おります」。大江は続ける。「読者は、悲惨な死に対して、あるいは死にさからって、新しい生命にいたる闘い、というのではなく、悲惨な死への闘い、悲惨な死にいたる闘い、であることに注意しなければならない」。それらは重い言葉であり、重い現実である。一瞬にして命を奪われた人々がいたその一方で、死にいたる長い闘いに生涯を費やした人たちがいるという現実を、大江の文章は伝えている。

こうした広島での見聞が、大江のその後の作家人生に大きな影響を及ぼしたことは疑いようもない。広島をもっと早く訪れるべきだったと告白しつつも、それでもけっして遅すぎたわけではないと回顧しながら、彼はこんなふうに『ヒロシマ・ノート』を結んでいる。「僕は広島で、人間の正統性というものを具体的に考える、手がかりをえたと思う。そしてまた、僕が人間の最も許容しがたい欺瞞というものを眼にしたのも広島においてである。しかし、僕がわずかに見きわめることのできたもののすべてが、それと比較を絶する巨大さの、暗闇に潜む最も恐ろしいものの、小さな露頭にすぎない」「ヒロシマなるもの」を探り、見極め、それを言葉にして伝えようと試みた大江にとって、『ヒロシマ・ノート』は人間性について再検討する機会となった。大江はある逸話を聞きつける。それは奇形児を産んだ母親の話だった。病院は赤子を処分した。しかし母親はこう嘆いたという。「あの赤ん坊を見れば勇気が湧いたのに！」病院側の道徳的配慮と母親の人間性を比較して、大江はこう分析している。「人間が人間でありうる極限状況を生き抜こうとしている若い母親が、独自の勇気をかちとるために、死んだ奇型の子供を見たいと希望するとしたら、それは通俗ヒューマニズムを超えた、新しいヒューマニズム、いわば広島の悲惨のうちに芽生えた、強靭なヒューマニズムの言葉としてとらえられねばならない」

原爆投下直後の光景を粗描した先の林の文章もまた同じく、ある意味、道徳や礼節からはみ出たグロテスクな描写である。こうした場面の放つむごたらしさは、人間とは何かをわたしたちに直截に問いかける。沈黙をとおして、あるいは沈黙の向こうから問いかけるのである。

なぜ問い続ける必要があるのか。それはおそらく、人間が自分自身についてあまりにも無知だからだ。歴史、権利、道徳——、こうした価値の構築に長い時間をかけ、粉骨砕身しながら命を捧げるその一方で、それらを一瞬にして否定し、無知と無関心の中で生き続けることもできるのが、われわれ人間なのだ。

そうであるから、たとえ当事者ではなくとも、人類をめぐる問いがそこにある以上、それに関わるべきだと大江は考えたのだ。ユダヤ人強制収容所をテーマとする映画『夜と霧』で一躍有名となった監督アラン・レネの求めに応じて、『ヒロシマ・モナムール』（一九五九年公開）のシナリオを執筆した作家マルグリット・デュラスも、大江と同じように考えたひとりだった。ともすれば大きなリスクを伴うその申し出を彼女が受けたのは、第二次世界大戦終結と原子爆弾投下のニュースを同時に新聞の紙面で読んだときの衝撃が、彼女の記憶の中に生々しく残っていたからだという。だが、たとえ瀕死の状態で強制収容所から帰還した夫を支えた経験を彼女自身が持っていたとしても、広島での出来事は想像を絶するものだったに違いない。『ヒロシマ・モナムール』のシナリオは、執筆中、作家の心を離れることのなかったひとつの問い——当事者でない者が一体何を語れるのだろうか、そもそも語る行為自体、可能なのだろうかという問い——を、主人公の男女が交わすリフレインのような台詞に託して、ストレートに表現している（主人公の問いはしたがって、作家の問いであると同時に、当事者ではない人類全体の問いとしても共有されるべきものである）。世界平和をテーマとする国際映画に出演するため、フランスから広島にやってきた女性主人公は、撮影の合間に原爆記念館を訪れる。その夜、広島での愛人に昼間の出来事を話し、こう締めくくる。「わたしはすべてを見たわ」。すると愛人はすぐさまこう切り返す。「いいや、君は何も見ていない」。この「すべてを見た」と「何も見ていない」は、切り離すことのできない言葉のカップルとなって、強烈な残響を残しながら、映画の間じゅう観客の耳に取り憑く。たしかに、頭が飽和するほどの説明文を読み、たくさんの展示物を見たからといって、すべてを見たとはけっして言えないだろう。実際に原爆を体験した人がすべてを語ることができないのと同じように。「すべて」という言葉は言語特有の嘘であり、欺瞞である。愛人は女の発言に無意識に宿る傲慢を告発する。その傲慢さの背後には無関心が潜んでいるからだ。だが、翻って、愛人の発した台詞「何も見ていない」の方はどうだろう。仮にそれが恋人の言葉を否定するための単なる修辞でないとすれば、そこにもまた嘘がありはしないだろうか。「何も見ていない」という否定の断定は、その日、女性がたしかに見て感じたほんのわずかの事実さえ否認しかねない。何かを知ったからこそ、彼女の心はもはや平穏ではなく、その何かがいまや猛毒のように身体全体を駆け巡り、彼女の知性と感覚、記憶を総動員しているというのに。たとえその気がなくとも、偶然の出会いや発見がその後の人生を変えることがある。その可能性は誰にも否定できない。

原爆という人類史の重いテーマを、数日間の情事と交差させて描く物語のアイデアを一種の挑発と受け取って、眉を顰めた観客もいただろう。語り得ない広島の出来事を、地口のように他愛もない愛人たちの台詞にすり替えようとした脚本家の意図を不快に感じた人もいたかもしれない。しかしながら、耐え難い重さと、それと同じくらい耐え難い軽さは同じ世界の住人なのだ。もっとも、軽薄さという批判を承知の上で、デュラスは意図してそうした台詞を書いた。それは、被爆者を怪獣に見立てた漫画が刊行され、彼らの尊厳をめぐる議論が巻き起こったときに、林京子が下した判断と同じである。つまり、彼女たちは良識以上に危険な存在、すなわち未来に待ち受ける無関心とさらにその先にある無知や忘却を見据えて、言葉を紡いだのだ。

どんなに努力したところでいつかは歴史の溝に沈んでしまう物語を、覚えやすい慣用語法へと転換させることで、デュラスは出来事の本質を固守しようとした。彼女のように、言葉に宿る熱量を探り当て、それを支えに読者の無関心を情熱へと変容させる力をもつ作家たちが存在する。そうした作家は、残酷さを描きながらもけっして死の呪縛には同調せず、むしろそこからある種の熱情を引き出す才能を授けられている。キニャールが友人デュラスを評して熱狂的悲劇家、あるいは情熱あふれる絶望家と呼んだ所以もそこにあるのだろう。だから広島をデュラスに託し、みずからは長崎に足を運ぶことに決めたのだ。

一九五四年に長崎で生まれ、五歳で英国に渡った作家カズオ・イシグロにとって、故郷の風景は記憶の奥に大切にしまいこまれた宝物のようなものだった。英国を舞台とするベストセラー小説で有名になる前、長崎をめぐる中編作品を執筆していたことはあまり知られていないが、小説家としてのデビュー期に故郷長崎のテーマに取り組んでいたという事実は注目に値するだろう。

その一方で、作家と同じ長崎に生まれ、結婚を機に英国に渡った女性を主人公とする小説『遠い山なみの光』（一九八二年）を、作家の擬似自伝、あるいは回想録として読むことは不可能だ。なぜならイシグロもまた、おそらく少なくとも『ヒロシマ・モナムール』の作者と同程度に、対象との近さ以上にその距離を感じていたに違いないからだ。自分自身は当事者でない歴史上の出来事を、幼少期のわずかな記憶だけを頼りに、身近だった人々の眼差しを想像しながら外国語で書くという作業は、きわめて高度な文学行為にほかならない。

『遠い山なみの光』では、作家が幼い頃に生活した場所の感触や匂いが、光の記憶となって作品全体を包み込んでいる（長崎での場面は常に夏だ）。その光の周囲を漂う影が独自のニュアンスと深みを生み出し、モノクロ映像のようなハーフトーンの世界を作り出している。その空間の中を、まるで時間を旅するかのように、登場人物たちが言葉を交わし合う。

二度目の結婚で長崎を離れて英国で暮らす悦子は、二人の娘——日本人の先夫との娘である景子と、英国人夫との間にもうけたニキ——の母親である。雨の降りやまぬ英国の田舎町の景色とともに、小説は幕を開ける。ニキと悦子による親子二人の会話から、渡英後の新しい家族や環境に馴染めなかった景子の自死が仄めかされる。だが、景子自身が物語の中に直接登場することはなく、語りは悦子の一人称による回想（あるいは夢想）へと場を譲る。あたかも景子の死の原因を見出すためには、景子が誕生する以前の時間へと遡る必要があるかのように、物語は終戦直後の長崎へとフラッシュ・バックする。

二郎との子（のちの景子）を身ごもる悦子の近所の空き地のはずれの川岸に佇む汚れた一軒家に、ある日、幼い娘を連れたひとりの女性が越してくる。悦子はその女性、佐知子と親しくなり、近々娘を連れて「友人」――アメリカ人兵士のフランク――の故郷へ旅立つ予定だと打ち明けられる。ここで作者であるイシグロは、生まれてくる子供や異国での新生活に将来を託す若い二人の女性を活写するが、彼女たちの夢が二人の欲望の産物であるとは断定せず、戦後復興という時代の雰囲気と結びつけて描くにとどめている。物語に登場する人物の誰もが親しい人との死別を体験しているはずなのに、そうした事実を抑圧し、辛い過去を封印して新しい未来像を描くことこそ最良の選択だと考える社会の空気が、人物たちの交わす会話の行間を通して伝わってくる。

そうした社会の共感に加わろうとしない唯一の人物が、佐知子の娘の万里子だ。利発そうな反面、野生児のように振る舞う万里子は、他の子供たちと一緒に遊ぼうとはせず、子猫や蜘蛛を友としている。新しい父親になるフランクにも懐こうとしない。そんな万里子が、ある女性にだけは強い関心を示し、頻繁にその人の話をする。「お母さまのいないとき、あの女の人が来た」とうわ言のようにつぶやくのだ。ある日、悦子は佐知子の口から女の正体を聞くことになる。それは終戦直後の東京での出来事だ。ある晩、ひとりの女が川の中に佇んでいるのを幼い万里子が目撃する。徐々に目が闇に慣れてきて、女が何をしているのかを知ろうと目を凝らすと、女は自分の赤子を水に沈めようとしていた。それ以降、万里子はまるで取り憑かれたように、あの女の人が来たと繰り返すようになったという。小説の中で、過去との絆を断ち切ろうとしないただひとりの存在が万里子なのだ。

だが、過去を忘れられないのは、本当に万里子だけなのだろうか。小説の大詰めで、母娘がアメリカに出発する日が決まり、その出発前夜になって、子猫を手放すよう万里子は佐知子から命じられる。万里子は頑として言うことを聞かない（彼女にとって子猫は大切な家族なのだ）。怒った佐知子は、子猫たちが身を寄せ合う巣箱を娘の手から奪い取り、川べりまで足早に歩いていく。そして、万里子の見ている前で、巣箱を水の中に沈めてみせるのだ。その瞬間、小説の中で同じモチーフがめぐり巡っていたことに読者は気づく。女は佐知子であり、佐知子は悦子であり、万里子は景子であり、猫は景子であり……。母と娘のモチーフが記憶を駆け巡り、まるで万華鏡のようにイメージを増殖させて変容を繰り返しながら、ループする時間を彷徨い続ける。忘却という幻想が一瞬にして崩れ去る瞬間だ。

生まれてくる子供は果たして未来を夢見ているのだろうか。

悦子のお産の場面は結局、小説の中で描かれないままに、景子は不在の存在――生まれる前の存在か、あるいは死後の存在――として物語空間を浮遊しつづける。その空白の存在は、現在など過去と未来の生み出したずれにすぎないと主張しているかのようにみえる。想起のプロセスが始まるやいなや、記憶と忘却、現実と虚構が強い力で互いに引っ張り合い、想起の主体をその渦中に引きずり込もうとする。そして時間が空転し始める。想起が忘却の一形式でしかないのと同じように、記憶も嘘の言い換えにすぎない。

マルセル・プルーストの『失われた時を求めて』と同じく、追憶を主題とし、物語全体が半濃淡《ハーフ・トーン》で彩られたイシグロの小説『遠い山なみの光』の中で、唯一、光が満ち溢れる場面がある。悦子と佐知子、万里子の三人が長崎港からフェリーに乗って、対岸の稲佐山まで遠出する場面だ（この場面は回想部分のほぼ中心に位置している)。山頂から見下ろす長崎の街は、光の海に浮かんだ島のようにきらめいて見える。原爆の爪痕から立ち直りつつある、誇らしげな街の姿を見下ろしながら、悦子は佐知子にこう語りかける。

「まるで何事もなかったみたいね。どこもかしこも生き生きと活気があって。でも下に見えるあの辺はみんな」——とわたしは下の景色のほうを手で指した——「あの辺はみんな原爆でめちゃめちゃになったのよ。それが今はどう。〔……〕みんながそうしなかったら、こういうところも」——とわたしはまた景色を指さした——「こういうところだって、いまだにみんな焼跡なんですもの」

柔和で平穏な光が長崎の街を包み込んでいる。だが、この引用の直前、温和な景色に一瞬、暗い影が射し込んだのに気づいた読者は果たしているだろうか。ここに一部引用した長台詞の直前、語り手の悦子はふとこう漏らす。「絶壁に立ってそんな景色を見ていると、わたしはすこし不安だった」。自分たちが日々暮らす街全体が今この瞬間、彼女たちの瞳の中に小さくおさまっている。それほどの高みから俯瞰すること、それは、普段は見られる存在が見る側へと反転する瞬間でもあり、母(眼差す者)と子(見つめられる者)が交感する瞬間でもあり、捕食者が獲物に同化する瞬間でもある。原爆の犠牲者とその加害者(ファット・マンを投下した兵士、あるいはその天命を与えた軍や政府、アメリカ人の神……)が、秘密裡に互いの眼差しを交換する瞬間であるといってもよいだろう。そのとき真の記憶が作動し始め、風景は二重写しになる。不在の長崎が浮かび上がる。

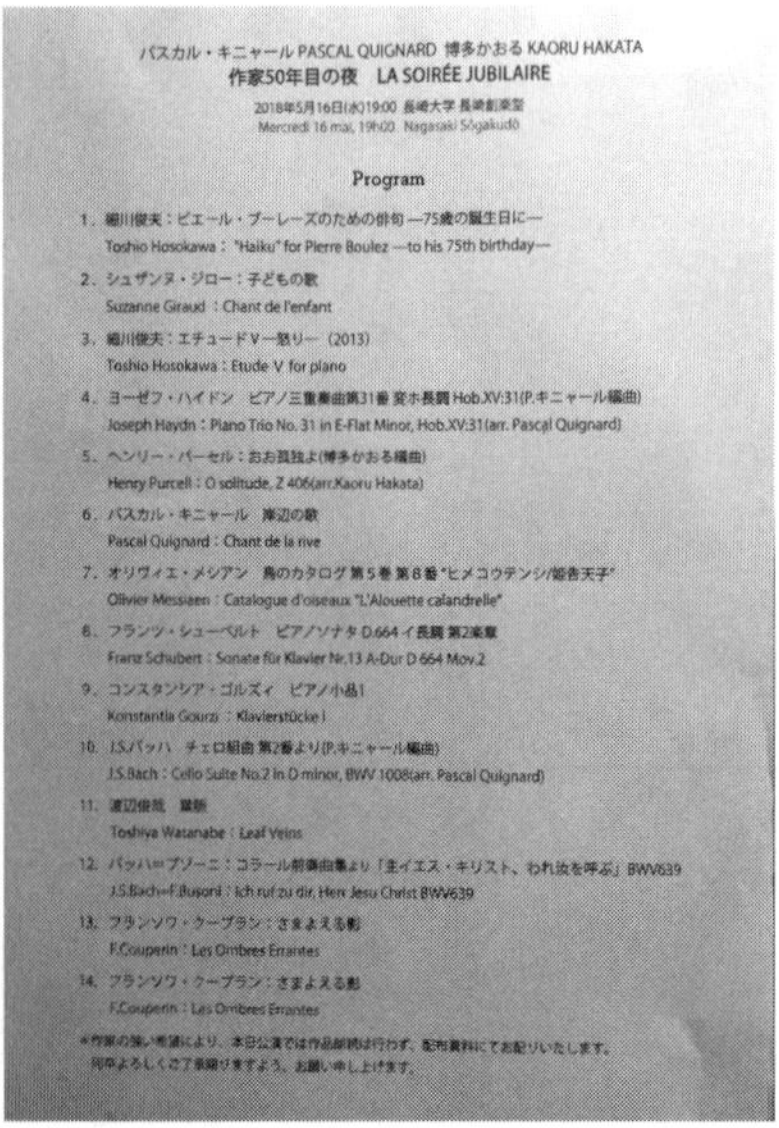

パスカル・キニャール PASCAL QUIGNARD 博多かおる KAORU HAKATA

作家50年目の夜　LA SOIRÉE JUBILAIRE

2018年5月16日(水)19:00 長崎大学 長崎創楽堂
Mercredi 16 mai, 19h00 Nagasaki Sōgakudō

Program

1. 細川俊夫：ピエール・ブーレーズのための俳句 —75歳の誕生日に—
   Toshio Hosokawa："Haiku" for Pierre Boulez —to his 75th birthday—
2. シュザンヌ・ジロー：子どもの歌
   Suzanne Giraud ：Chant de l'enfant
3. 細川俊夫：エチュードV—怒り—（2013）
   Toshio Hosokawa：Etude V for piano
4. ヨーゼフ・ハイドン　ピアノ三重奏曲第31番 変ホ長調 Hob.XV:31(P.キニャール編曲)
   Joseph Haydn：Piano Trio No. 31 in E-Flat Minor, Hob.XV:31(arr. Pascal Quignard)
5. ヘンリー・パーセル：おお孤独よ(博多かおる編曲)
   Henry Purcell：O solitude, Z 406(arr.Kaoru Hakata)
6. パスカル・キニャール　岸辺の歌
   Pascal Quignard：Chant de la rive
7. オリヴィエ・メシアン　鳥のカタログ 第5巻 第8番 "ヒメコウテンシ/姫告天子"
   Olivier Messiaen：Catalogue d'oiseaux "L'Alouette calandrelle"
8. フランツ・シューベルト　ピアノソナタ D.664 イ長調 第2楽章
   Franz Schubert：Sonate für Klavier Nr.13 A-Dur D 664 Mov.2
9. コンスタンシア・ゴルズィ　ピアノ小品1
   Konstantia Gourzi：Klavierstücke I
10. J.S.バッハ　チェロ組曲 第2番より(P.キニャール編曲)
    J.S.Bach：Cello Suite No.2 in D minor, BWV 1008(arr. Pascal Quignard)
11. 渡辺俊哉　葉脈
    Toshiya Watanabe：Leaf Veins
12. バッハ=ブゾーニ：コラール前奏曲集より「主イエス・キリスト、われ汝を呼ぶ」BWV639
    J.S.Bach=F.Busoni：Ich ruf zu dir, Herr Jesu Christ BWV639
13. フランソワ・クープラン：さまよえる影
    F.Couperin：Les Ombres Errantes
14. フランソワ・クープラン：さまよえる影
    F.Couperin：Les Ombres Errantes

＊作家の強い希望により、本日公演では作品解説は行わず、配布資料にてお配りいたします。
何卒よろしくご了承賜りますよう、お願い申し上げます。

13 長崎でのコンサートのプログラムとポスター

14 港と浮橋の歌

パスカル・キニャール

そっと置き直した楽器の下に目を落としても、そこには何もない。
楽器ケースの下にも何もない。
指と指のあいだに何も感じない。
楽譜はどこへ行ったのか。
弓はどこへ行ったのか。

翼を灼き尽くされたツバメたち、
腹の白い小さなツバメたちが、
太平洋の波に向かってせり出すセメントの浮橋の上を、静かに歩き回る。
羽根を完全に灼かれ
翼のなくなった——

廃墟と化したドックと爆撃後の窪地で、金の留め具付きの移動天蓋に被われた聖杯を手に、カズラを纏ったカトリック司祭たちがミサを行っていた、
英仏海峡から廃墟のル・アーヴルに向かって吹き付け、司祭たちの衣装をまくり上げては腰にぴたりと寄せ付ける海風を、どうにかこうにかしのぎながら――

風が押し上げては戻す聖杯蓋の下の聖杯の底には、何もない。

霧雨の中でぐらつく金属製クレーンの背後の埠頭にも、何もない。

海岸の砂利を覆う、黒くぬめりつく重油の中にも、何もない。


虚空に面したガラスのない窓の向こうに目をやっても、何もない。

川べりの一軒家に沿った
土手の上、
ヨンヌ川の引き舟道の道端に植えられたハンノキの、その小枝をいただく黒ずんだ大枝の元にも、
シロツメクサの隣にある、くすんだ色をしたハシバミの実のそばにも
何もない。

朧月の後ろにも、何もない。

空の向こうにも、何もない。

人はどこにいたのか。
彼らはどこにいるのか。
わたしはどこにいるのか。

愛する人のうしろにも、
突き出した乳房のうしろにも、
胸元とかぐわしい髪のうしろにも、
かすかに震えるふたつの繊細な鼻孔のまわりにも
澄み切った美しい唇のうしろにも、
何もない。

15　五島

小川美登里

「幼年期を過ごしたその街が、崩落した瓦礫の山と真っ黒な大地から白亜のような都市へと少しずつ生まれ変わるのに、わたしは立ち会った」、こうキニャールは『ダンスの起源』に記している。故郷ル・アーヴル再建の様子は、イシグロの登場人物たちが遭遇した戦後長崎の光景にも重なるものだったろう。二〇一八年五月十五日、幾重にも曲がりくねった長い坂のひとつを登り切り、その先にそそり立つグラバー邸を頂く丘の上から港を見下ろしたとき、わたしたちの眼下に広がっていたのも、まるで光から生まれたばかりのまっさらな街の姿だった。湿気を含んだ空気が細かい光の粒となって、事物の輪郭線を曖昧にし、あたりの景色全体をスフマートで繊細に描かれた一幅の絵画のように見せていたが、静謐な風景に誘われるまま永遠の空気の中にまどろんでいたいという鑑賞者の気持ちをあざ笑うかのように、白く鋭い光が瞳の中に飛び込んできた。初夏の午後だった。

長崎は長い崎《みさき》と書く。広い海原に突き出た細長い大地の一端をあらわす言葉だ。崎《みさき》といえば、フランス語では、突出した場所という意味のプロモントワールや、先端部を表すポワントがまず頭に浮かぶが、それ以外にも頭部を指すカップ、鼻という意味のネ、舌を示すラング（ラングはフランス語で言語の意味でもある）までもが崎《みさき》や岬、半島を表現する言葉として使われている。学殖豊かなキニャールは、問題《プロブレム》という単語の語源であるギリシア語のプロブレマが、前方に向かって放たれたものや投射されたものの意味で使われていたことを指摘している。海と大地の境界に位置する岬はゆえに、地理や地政学、交易、経済の要衝にとどまらず、古代の自然学や哲学にとっても重要な点《ポイント》、すなわち思弁的なイメージを提供していたのだ。

　わたしにとっての岬は、なによりもまずその極端に狭まった大地の先端部と、その先に広がる大海原がみせる目も眩むような不均衡、その極端な対比にある。岬の先に立つと、まるで足元で大地が消えてしまったかのような錯覚に陥る。今まで当たり前だと思っていた世界観が一気に崩れ去ってしまうのである。

　長崎近隣のキリシタンたちが蜂起して反乱を起こした島原の乱からほどなくして、それまで富と宗教を運んで来た舶来人の自由を制限するため、一六三四年、江戸幕府の命によって、長崎の街の先端に約一・五ヘクタールの人工島である出島が創設された。この人工の崎《みさき》は、その後二百年以上にわたり、ヨーロッパから航海してきたポルトガル人やオランダ人を幽閉することとなった（それは鎖国が終焉を迎えた一八五六年まで続いた）。出島には、リスボンからはるばる海を渡って来た船乗りや商人に混じって、経由先のマカオから合流したマレー人や、出島への出入りを許された通訳や料理人、世話係、遊女や芸者などの日本人もいた。一六四〇年以降、ポルトガル人は完全に駆逐され、オランダ東インド会社を創設したオランダ人たちがおもな住人となった。

広大な海原を我が物としてきた彼らにとって、箱庭のような出島での生活はどのようなものだったのだろうか。治外法権的な楽園だったのか、暮らし向きは贅沢であっても牢獄に近いものだったのか。いずれにしても、無際限の自由が保障されていた海域と、所有者が支配権を振りかざす大地との落差は計り知れないものだったに違いない。多和田葉子の著書『震える日々の日記』（日本語版未刊）によると、江戸幕府の許可が下りる一六五四年まで、航海中に死亡した外国人を出島に埋葬することは禁じられていた。多和田はこう続けている。「日本でもっとも古いオランダ人の墓跡は一七八七年に遡る。船が日本に到着したとき、死者はすでに棺桶の中だった。一七八七年に出版された『紅毛雑話』の中に、男の葬儀は禅寺で執り行われたと書かれている」

砂漠の真ん中に突如として蜃気楼が立ち現れ、哀れな旅行者や隊商を惑わせたように、茫洋たる海は船乗りたちを楽園の幻想へと駆り立てたのだろうか。大航海時代といえば、十五世紀半ばから十七世紀半ばにかけて、ポルトガルとスペインを筆頭とするヨーロッパ諸国が新大陸を求めて競い合い、大規模な航海を行った時期に当たる。その後の新大陸発見に続く侵略行為や隷属、搾取など、帝国主義的な蛮行が本格化する前の、いわば嵐に先立つ凪状態、いまだロマンと冒険に彩られた古きよき時代のことだ。こうした雰囲気の中で熟成された楽園の幻想は、地上から仰ぎ見る天国というキリスト教的な垂直的思考とは異なり、地球の表面を這うように滑る水平運動に結びついた。海の冒険者たちにとっては、海と大地の合流点に位置する地上の楽園こそが、辿り着くべき目的地だった。

ヨーロッパとアジアの交流を最初に築いたのは、ポルトガルの探検家ヴァスコ・ダ・ガマと言われている。船乗りのほかにも水先案内人や黒人給仕、さらには危険任務を負った元死刑囚など、総勢百七十名を乗せたガマの船は、一四九七年七月にリスボン港を出発し、アフリカ大陸を経由して、翌年五月にインドのカリカットに到着した。一四九八年、リスボンとインドの西海岸を直接結ぶ経路がこうして発見された。

レコンキスタを制し、他国に先駆けて海外進出を果たしたポルトガルの次なる目的は、中東のさらに東にあるオリエントの国々とその豊かな資源だった。ガマによるインド航路発見が、アジア進出への礎となったことは想像に難くない。アジア諸国との交流の足がかりとして、ポルトガル領インドが設立されることになるからだ。インドの発見に続き、西洋はまもなく中国、さらには日本と出会うことになるだろう。

日本の存在については、ガマがインド到着を果たす以前からすでに知られていた。フランソワ一世によるル・アーヴル創設とほぼ同じ頃、一五〇〇年前後のことであるが、ジェノヴァ出身の探検家クリストファー・コロンブスは、「香辛料の生まれる場所」を目指して、スペインの港パロス・デ・ラ・フロンテーラを出発する。それより二世紀も前に理想の楽園を発見し、それをジパングと呼んだマルコ・ポーロに彼は魅せられていた。コロンブスの掌中には、モンゴル帝国皇帝フビライ・ハンに宛てたスペイン王の親書が握られていたが、結局、モンゴルにもジパングにも行き着くことなく、思いがけず新大陸を発見することになった。

十三世紀に生きたヴェネチアの商人マルコ・ポーロの旅行記『東方見聞録』は、ジェノヴァの囚獄で聞き書きされたものだ。そこに記されたジパングと呼ばれる国では、殿様や貴族が金ぴかの御殿に住み、黄金や真珠が無尽蔵に溢れ出る、まさに地上の楽園だった。ポーロの見聞録は、瞬く間に冒険者たちを虜にした。オリエントへの幻想に火がついたのだ。だが、ポーロの記述を元に実際の場所を特定するのはきわめて難しく、ジパングが謎に包まれた伝説の域を出ることは長きにわたってなかった。新大陸に向けての航海中、コロンブスはフィレンツェ生まれの地理学者で天体学者のトスカネッリと文通を続けていた。二人の往復書簡からは、航海の間じゅう、探検家がジパングの夢に突き動かされ、日本とその黄金を夢見て海原を駆けていた様子が読み取れる。手紙の文面からはさらに、冒険家が最後までアジア（日本）と南アメリカ（キューバ）を取り違えていた事実も浮かんでくる。そういうわけで、地上の楽園を目指してキューバにたどり着いたとき、彼はひどく失望し、落胆した。コロンブスにとってアジアは死ぬまで夢の国、海の蜃気楼にとどまっていたのである。

海の蜃気楼どころか、実在する国として日本が現実味を帯びたのは、一五四二年、シアム経由で中国を目指していたポルトガル船が嵐で流され、銀貨で商いを行う民たちの土地に漂着したときだ。銀でやりとりする裕福な国「日本」をめぐる噂はたちまち広がった。しかしながら、海に囲まれた列島を見つけるのは容易ではなく、実際に日本が発見されるまでにはさらに数年を要した。

マルコ・ポーロのジパング滞在後、十六世紀半ばになってようやく西洋人が日本を（再）発見しつつあった頃、日本は戦国時代のさなかだった。国内はいくつもの地方に分断され、激しい内戦状態にあったうえに、隣国中国との関係もよくなかったため、ポルトガル人は仲介役を買ってでた。こうして九州を中心とする商業交易が始まった。日本の情報が流布し始めると、イエズス会の宣教師たちが興味を示し始めた。当時、マラッカで布教活動を行っていたフランシスコ・ザビエル神父は、ヤジロウという名の日本人海賊に助けられ、一五四九年、鹿児島に上陸した。

ザビエルが日本に到着したとき、宗教で平和を説くよりも、大名たちと密約する方が得策であることをすぐさま悟った。こうして、大名と手を結んだ南蛮人と呼ばれるポルトガル人を中心に、マカオ経由でリスボンと九州を結ぶ交易が本格化した。

交易が軌道に乗ると、宣教師たちは本業である布教活動に力を注ぎ始める。初のキリシタン大名となったのは、肥前国の領主大村純忠である。ドン・バルトロメオの名で洗礼を受けた純忠は、長崎港を開港し、長崎は日本で初めてのキリスト教共同体の地となった。

キリシタン大名たちの後ろ盾を得たとはいえ、内乱の絶えぬ不安定な土地で始まった宣教師たちの布教活動は、けっして容易ではなかった。未知の国の慣習や文化を知ろうと詳細な観察を行った最初の日本滞在者のひとり、探検家のジョルジ・アルヴァレスのように、日本社会を熟知することはイエズス会宣教師たちにとっても最優先事であり、そのため、布教直後からすすんで地元の共同体に溶け込んで活動した。日本を訪れた探検家や宣教者たちによるこうした見聞の記録は、今でいう文化人類学のフィールド研究に近いだろう。日本における布教第一期にあたるフランシスコ・ザビエルの報告書や、第二期にあたるルイス・フロイスの書き物は、業務報告と見聞録、旅行記、日記が混在する変幻自在な様相を持ち、客観と主観、表向きの報告と私的な告白、知的好奇心と打算、期待と失望、喜びと悲しみ、驚き、焦燥と不安がないまぜに表現されている。

ところが、商業と布教の間で保たれていた均衡が一気に崩れる出来事が起こる。一六〇〇年の徳川家康による天下統一である。国内の争いを治めた幕府は、今度はキリスト教の取り締まりを強化し始めた。一方、海上進出でポルトガルに追いついていたオランダは、布教活動抜きの交易を江戸幕府に約束し、ポルトガル商人と宣教師たちを駆逐するのに成功した。一六〇三年には宣教師迫害令、一六一四年にはキリスト教禁止令が発令され、事実上、日本からキリスト教が消えることとなった。禁教令の発令前夜には、長崎の住民の九割近くがキリスト教者だったともいわれている。その数は四十万人あまり、そのほとんどが禁教令の後、改宗したという。人類史上最後の被曝都市として歴史にその名が刻まれる前にも、長崎は厳しい試練の舞台となっていたのだ。多くの殉教者が命を落とした。七つの海を駆け巡った冒険者の末裔たちは、出島に囲われの身となった。キリスト教を密かに信仰し続けた人々は、潜伏キリシタンとなって信条を偽り、素性を隠しながら長崎近郊の島々に散っていった。

パスカルと最初に長崎の話をしたときにわたしの脳裏に浮かんだのは、迫害や原爆という負の記憶だけではなかった。アジア諸国や西洋との長い交流の歴史が街のそこかしこに、まるで幾重にも重なる地層のように痕跡を残している、そうした稀有な場所のひとつが長崎なのだ。また、長崎を含む九州地方は大陸からもっとも近く、神話の起源ともみなされている（卑弥呼の統治した邪馬台国を九州に同定する説もあるほどだ）。長崎地方はとりわけ、古代との繋がりを感じさせる場所なのだ。

日本を愛した文化人類学者のクロード・レヴィ＝ストロースは、『月の裏側――日本文化への視角』（二〇一一年）で九州に触れている。世界各地の部族社会を熟知した経験豊かな文化人類学者にとっても、九州は神話を薫ずるひときわ特別な土地だった。だが、現代においてなお、古代の面影が感じられるとは、いったいどういう意味なのだろうか。神話発祥の地は世界にごまんとあるのに、九州はどういう点で特殊なのか。西洋における神話発祥の地（たとえばアテネやエルサレムなど）が日本と決定的に異なる理由について、レヴィ＝ストロースは次のように説明している。西洋では比較的早い時期に歴史の概念が成立したため、神話世界との間に分断が起こり、その結果、現代との連続性が喪失した。他方、日本においては歴史概念の構築が比較的遅く、しかも決定的ではなかったために、神話世界と歴史的時間がいまだひとつの流れを有している。考古学がいかに進歩したところで、歴史によって一旦分断された古代との繋がりを取り戻すのは難しい（たとえば、遺跡や発掘品がもはや博物館の展示物や古美術以上の価値をもたないように）。その一方で、神話が自然の中に溶け込んでいる日本のような場合には、古代が現代に根づいている。それどころか、自然に触れながら日々生活するわたしたち現代人の感覚や美的感性を介して、古代は常にリセットされ、生まれ変わり続けるというのだ。

九州に魅せられた文化人類学者は、一九七七年から一九八八年にかけて、五度日本を訪れた。彼が好んで通ったのは、神話発祥の地とされる島根県の隠岐の島である。レヴィ＝ストロースを敬愛するキニャールにも同じ土地の守護霊《ゲニウス・ロキ》を感じ取ってもらいたいと考えたが、限られた滞在期間の中に予定を組み込むことはできず、結局、長崎県にある五島列島を提案した（長崎県は四十七都道府県の中でもっとも島の数が多く、もっとも長い海岸線をもつ地域のひとつだそうだ）。調べてみると、五島列島にも同じように古代伝説があった。『島の人生』の作者で民俗学者の柳田國男によれば、五島列島には高麗島伝説――高度な技術を用いた陶器の製造などで莫大な富を築いた高麗島の言い伝え――があり、島はある日、一瞬にして海の中に消え去ったのだという。日本のアトランティスに赴くというアイデアを伝えたら、果たしてパスカルは喜んでくれるだろうか。


西南から北東へ斜走する有人無人合わせて百二十七の島から成る五島列島は、長崎港から西百キロに位置している。

五月十七日、わたしたちは長崎港から高速船シー・プリンセス号に乗り込んだ。人生で数えるほどしか船に乗ったことのないわたしにとって、断続的に響く鈍い機械音を聞きながら、揺れる船体に身を任せるのは想像以上に心地よく、知らず知らずのうちに赤ん坊のように熟睡していた（ちなみに、同じように熟睡していたのはわたしだけではなかった）。一時間足らずの船旅だったが、退屈する暇もなくあっという間に上五島の有川港に到着した。

五島列島の人口グラフをみると、ピークは一九六〇年代で、その後一気に過疎化が進み、現在の人口は二万人を切っている。主な経済活動である漁業についても同様で、戦後はイワシ漁で大いに潤ったものの、一九五〇年を境に漁獲高が下降に転じ、地元の網元の多くが倒産した。島全体で二十三あった小学校は十一に、十五あった中学校は五つに統廃合された。バブル景気さなかの一九八一年に離島と長崎をつなぐ上五島空港が開港したが、二〇〇六年に閉鎖されている。五島列島のひとつである椛島《かばしま》の航空写真を分析した村田裕志氏は、人口流出が起こった地域の原野化を指摘している。椛島《かばしま》全体を覆い、かつては島独特の景観を形作っていた山あいに点在する耕作地の多くは、藩政期の開墾政策下で入植した隠れキリシタンの末裔が自給自足的に耕作してきた農地だった。しかし、過疎化現象によって野生化が加速し、いまや耕地全体が樹海の中に埋没してしまったということだ。

上五島は比較的大きな島ではあるものの、緩やかなスロープを描いて島を登っていくタクシーの車窓からは、ひっそりとした集落全体が徐々に野生へと退化していく様子が見て取れた。人気のない学校や施設、閉鎖された空港——、まるで風景の内奥へと吸い込まれていくようなこうした建造物とは対照的に、亜熱帯性の深い緑を中心とする景色が背景からくっきりと浮き上がり、前へ前へとせり出しながら空間全体を覆っている。ゆっくりと時間をかけ、辛抱強く人間の痕跡を消し去りながら、原初の処女性を取り戻してゆく自然の力が感じられた。

『野いちご』の主人公イサク・ボルイ教授は、故郷の大聖堂で行われるジュビレの式典に参加するため、瀟洒なアパルトマンのある首都ストックホルムを後にして、国の最南端の港町ルンドまで車で旅をする。主人公の積年の後悔や抑圧された夢想が苦い回想や妄想となってフラッシュ・バックするこのロード・ムービーでは、人口の集中する首都圏の街並みや渋滞道路を抜けたあと、森林の続く内陸部を通過し、目的地である海辺の街まで移動する様子が、スウェーデン縦断の旅さながらに描かれる。物語が進むにつれて徐々に視界が開け、やがて海岸沿いの開放的な風景が姿をあらわす。海辺の野外レストランで昼食を取り談笑する登場人物たちの笑顔が、午後の柔らかな光に溶け込み、彼らの笑い声や髪、衣服のすその間を爽やかな微風が通り抜ける。物語終盤に向かって格段に上昇していく光量は、モノクロの映像である分だけ、より一層鮮烈に意識される（物語冒頭で見た、影に支配された教授の夢の場面とは対照的だ）。海の気配が自由な気分を運んでくる。

パスカル・キニャールの旅もまた、ジュビレの詩の朗読で幕を閉じた。ボルイ教授が正装で参列した荘厳な儀式とは違い、はるかに慎ましやかに、五島の自然を背景にして行われた。旅の同行者はにわか仕立ての撮影隊に早変わりし、ＩＰｈｏｎｅで録画した。役者となったパスカルとわたしは、カメラの前に二人並んで詩を朗読した。朗読は二カ所で撮影されたが、どちらもロケハンもなしの当日の直感とフィーリングで決まった場所だ。最初の朗読の舞台は、鯨のアゴ骨を冠する鳥居で有名な海童神社で、神社の細長い参道を登った先にある、本殿脇の苔生した石垣のそばで行われた。訪れる参詣者も稀なのだろう、本殿の周囲は蔦や雑草に覆われ、裏に広がる丘にも鬱蒼と木々が生い茂り、野鳥たちの楽園と化していた。神社でのジュビレの儀式は、半ば鳥たちの声にかき消され、はからずも人と動物による即興の共演となった（ストローブ＝ユイレの映画のように）。

わたしたちは次に海岸に向かった。蛤浜と名付けられた遠浅の海岸は、純白の細かい砂に覆われ、五月の光を受けて煌めいていた。観光客も海水浴客もいない静かな海。目の前に広がるのは、まるでターナーの絵画から抜け出たような、水と大地の境界線が融解した海景だ。この穏やかな海を背景に、浜に流れ着いた白い流木に腰をかけて朗読した（小津映画のような、ローアングルからのフレーミングと長回しのショット）。耳をすませば、二人の息づかいの背後に穏やかな波音が聞こえたことだろう。

朗読の後、みながカフェで休んでいるあいだ、ミレイユと一緒に裸足で海岸を散歩した。二人の足音は白い砂に呑み込まれ、静寂へと回帰していくかのように感じられた。砂浜には波が忘れた小さな貝殻が散らばっている。そのいくつかを拾ってポケットに入れた。かつて貨幣として人々の間を往来した貝は、海のない土地に生まれ育ったわたしにとっても貴重な宝物だ（子供の頃、貝殻を見るだけでどれだけわたしの心は弾んだことか）。そのとき、四年前にパスカルと一緒に桂離宮を訪れたときの記憶が鮮やかに蘇った。秋も深まる十一月、桂離宮に足を踏み入れた直後のことだ。正方形の石畳が美しく並ぶ舗石の上に落ちていた小さな紅葉のひとひらをそっと拾い上げて、わたしに手渡してくれたのだ。小さきものを掌に掬い上げるときにささやかな幸福を感じるのは、欠けた貝殻や一枚の葉の中に命の記憶（海の記憶や樹木の記憶）が凝縮された形で詰まっているからだろう。

『野いちご』に登場する海辺の風景は、一度も北欧を訪れたことのないわたしにとっても親近感を抱かせるものだった。だが、五島に行って実際にわたしが思い浮かべたのは、キニャールの小説『アマリアの別荘』だ。『アマリアの別荘』も、そののち刊行された『約束のない絆』も、どちらも海が舞台、というよりはむしろ、海を主人公としたような作品である。とりわけ前者は、イタリアのナポリ湾に浮かぶイスキア島へのオマージュともいえる。パリに住むピアニストで作曲家のアン・イドゥンは、ある日、人生を変える決断をする。恋人を捨て、家族を捨て、家を捨て、それまでの人生の痕跡すべてを消して出立する。そして、彷徨の末にイスキア島にたどり着く。牢獄のようなアパルトマンを脱して故郷の港町ルンドへと向かうボルイ教授の旅と同じように、主人公の欲望が赴くままの脱中心的な運動をキニャールは描いている。その主人公もまた、風を感じる場所、海の気配に満ちた場所へと流れ着く。

ナポリ湾に浮かぶ島々を眺めながら、かつてこよなくイスキア島を愛した人物とされる古代ローマ皇帝アウグストゥスにアンは想いを馳せる。ひとりの人間ではなく、ひとつの場所が恋愛の対象になったとき、その場所は地上の楽園となるだろう。ただし、エデンのように神に囲われた場所（楽園《パラディ》の語源は「囲い地」という意味）ではなく、無限大の広がりをもつ異教的あるいは汎神的な場所。自分ひとりの身を置けるだけの大地と、それを取り囲む広大な海――、キニャールがイメージする楽園は島の形状に近い。崎《みさき》と島の違いはここにある。

海を見下ろすイスキア島の険しい山肌に建つ古いヴィラ（アマリアのヴィラ）を手に入れたことで、島は文字通りアンの愛人となる。「この島でわたしは幸福よ」と彼女は言う。フランス語のニュアンスを尊重するなら、「この島に抱かれたわたしは幸福よ」と訳すべきだろう。対象に没入し、みずからを消失することこそ、愛の究極の様態であり、その特徴なのだから。別荘のテラスから見下ろす無限の海原と、同じ場所から見上げる果てしない空との間には、もはや境界といえるものは存在せず、ナポリ湾の海水と火山島独自の性質（地下の火山活動によって海底から熱や蒸気が浮上してくる）のせいで、大気が生き物のように存在感を増し、徐々に膨張しながら非物質的な何かに変貌する。海の中を泡となって上昇する大気は、やがて半透明の光状の霧となり、神秘のヴェールでアンを包み込む。アンはその内部にいる。というよりもむしろ、自分が包み込んでいるのか、あるいは包まれているのかを問う必要すらなくなった無我の境地が彼女にとっての幸福なのであり、彼女が体感する楽園なのだ。

キニャールの主人公アン・イドゥンが、過去や社会を逃れてイスキア島にたどり着いたように、かつて五島列島に流れ着いた人々がいた。隠れキリシタンである。

長崎から海路で百キロを隔てた五島列島は、古くは遣唐使や遣隋使の最終寄港地として知られ、中世には死者の赴く常世の島とも信じられていた。五島出身の小説家で、隠れキリシタンの子孫でもある今井実沙子によれば、「五島へ五島へとみな行きたがる。五島はやさしや土地までも」という俗謡に惹きつけられるかのように、江戸時代中期には、多くの隠れキリシタンが百姓を偽って、本土から移住したという。ただし、条件のよい土地には先住者が暮らしていたため、新参者は僻地の山あいの狭い土地を耕すほかなかった。辛い暮らしの中、彼らは現世での執着を徐々に捨てて、天国《ハライソ》を夢見るようになる。その間、キリシタンの教えは代々、秘密裡に伝え守られた。明治六年に約二百六十年間続いたキリスト教禁教令が解かれて信教の自由が認められると、ほとんどの隠れキリシタンはカトリックに改宗した。その証拠に現在、島には五十以上の教会が点在している。つまり、迫害の歴史の証人として二〇一九年、世界遺産に登録された教会群はどれも、明治以降に信徒の浄財で作られたにすぎず（リアス式海岸の複雑な地形がゆえに、その多くは切り立った岩肌を削るようにして建てられた。被爆した長崎の瓦礫を使って作られた教会もあるという）、それ以前には、教会も指導者も不在のまま、実に二世紀半ものあいだ、キリスト教の信仰が連綿と引き継がれていたことになる。

一方、禁教令が解かれた後もカトリックに改宗することなく、先祖代々の教えを細々と守り続けることを選んだ信者たちもいた。彼らの先祖の多くはかつて表向きにはキリスト教を否認し、仏教徒として振る舞ったキリシタンで、家に仏を祀りながら、納戸の奥にしまいこまれたマリアやキリスト像――それらは納戸神と呼ばれた――を密かに信仰し続けていた。彼らは今でもそのスタイルを変えていない。しかし、なぜいまだ隠れた形のままの信仰を持ち続けているのかについての疑問は残る。

その点に触れる前にまず、公の宗教活動が禁じられた状況下で、いったいどのようにして二世紀以上も信仰が維持されてきたかについて考えたい。歴史家の大橋幸泰氏によれば、激しい弾圧にもかかわらずキリシタンが生き延びた理由は、彼らの宗教の実態がシンクレティズムだったからである。要するに、隠れキリシタンの宗教活動が、伝統的な神仏信仰とキリスト教の混交から生まれた一種の民間宗教だったということだ。たとえそうであるにしても、家族単位にせよ、親族単位にせよ、一種の共同体として機能していたことは事実なのだから、神父や司祭を持たず、序列もない、平信徒だけの横の繋がりを軸とするコンフラリアが存在していたと仮定すべきなのだろう。そうしたコンフラリア内部で相互扶助の体制が整えられ、全体の利益としてキリスト教の教えを守り通したと考えることができる。大橋によれば、こうしたコンフラリアが村の単位と一致していた場合もあれば、村の内部に秘密のコンフラリアが存在していた場合もあるという。いずれにせよ、個人の祈りとは区別される祝祭や儀式、暦上の行事など、共同体で行われる諸事については、間違いなくコンフラリアが関わっていたはずだ。また、隠れキリシタンの多くは農民であったため、そもそも村にとっては欠かせない存在だった。結局、彼らが生き延びられたのは、重層的なあり方で共同体に参画していたからだといえる。

また、禁教令の解かれた後、日本に戻ってきた宣教師たちによってふたたび公的な宗教活動が可能になって以降もなお、隠れキリシタンであることを選んだ人たちについても大橋は触れており、禁教令廃止後の信徒の態度を次の三つのタイプに分類している。すなわち、宣教者の指導でキリスト教徒（カトリック）に転じたケースと、先祖伝来の信仰の形を守りぬいたケース、そして地域の神仏信仰を受け入れたケースだ。こんにち潜伏キリシタン（彼らには隠れる表向きの必要はもうないのだから）と呼ばれる人々は、二番目の範疇に属する人々と考えてよい。彼らにとっては、キリスト教義の信奉云々よりもむしろ、先祖が命がけで守ったものを子孫に伝えたいという意志の方が大きかった。それを正統な教義に無理に正そうとすれば、死者への裏切り行為と受け取られたことだろう。彼らの宗教は本来のキリスト教の教義からいつのまにか逸脱し、隠れキリシタンと呼ぶよりほかない宗教になっていたのだ。だが、シンクレティズムや交雑から生じたこうしたねじれは、そもそもキリスト教伝来、すなわちイエズス会宣教師フランシスコ・ザビエルが初めて日本の地を踏んだときから、すでに始まっていたとはいえないだろうか。

フランス語の宗教《ルリジオン》は、ラテン語の「結ぶ《ルリゲーレ》」という語に由来する。一方、翻訳《トラデュクシオン》は「(別の方向へ)導《トラデュケーレ》く」というラテン語から派生している。通常、まったく異なる分野に属する宗教と翻訳は、日本におけるキリスト教伝来史においては、互いに深く関与し合っていたといえる。それがわかる一例として、フランシスコ・ザビエル神父が日本に到着し、イエズス会宣教師として布教活動を始めた当時の様子を振り返ってみよう。マラッカでザビエルと出会い、日本に関する知識を最初に与えた人物は、先述のジョルジ・アルヴァレスである。彼は一五四八年、薩摩での滞在記録を一冊の書物として上梓している。一西洋人の眼差しを通して見た日本の地理や文化、風俗などがそこには記されている。アルヴァレスの観察は、食生活(「彼らは生チーズに似たもの――豆腐のことだろう――を食べる」など)から、海岸線や火山帯を多くもつ独自の地理や地形、さらには慣習(「彼らは床に座って食事する」)や言語(「中国語を読み書きするが、話すことはできず、中国人とは文字で意思疎通する」)まで、実に多岐に及んでいる。おそらくザビエルは、こうした書物を通して、マカオ逗留時からすでに、日本についてある程度の知識を得ていたのだろう。だからこそ、なおさら日本への好奇心と興味が湧いたのだといえる。さらに、マカオでのある日本人との出会いがザビエルの思いを決定づける。そのときの事情はおおよそ次のようなものだ。マカオで得た情報をもとに、日本がインドや中国とはまったく違う国であるという直感をザビエルは抱いていた。その頃、同じくマカオで海賊めいた生業をしていた、ヤジロウという名の日本人に出会う。そのヤジロウから多くの有益な情報を引き出したのであるが、実際、ザビエルはそのとき、ヤジロウにこう尋ねたそうだ。「日本人をキリスト教に改宗することはできるだろうか」。「六カ月で十分でしょう。日本人は理性で判断し、行動しますから」、というのがヤジロウの答えだったそうだ。実際、ポルトガル領インド総督に宛てたザビエルの書簡からは、日本に赴く前から当地での布教を夢見、普及活動についても楽観的に構えていた様子がうかがえる。その一方で、布教を始めるに当たって具体的な障害となりうる現地宗教については、かなり詳細な事前調査を行っていたこともわかっている。ザビエルの手紙には、日本の僧侶が武器を携行し、妻を持つことなどが書かれ、キリスト教との違いが強調されている。

他方、日本人の側から西洋人はどう見えていたのだろうか。西洋人の日本上陸を伝える希少な文献のひとつである『鉄砲記』は、一五四三年九月、種子島に上陸して日本に鉄砲を伝えたとされるポルトガル人の印象について、次のように伝えている。「男たちは西南蛮種の粗野な商人たちだった。主従関係という重要事についてすら彼らには未発達な知識しかなく、礼儀をまったくわきまえていない。コップで水を飲むが、水を人にすすめる礼儀すら持たない。彼らは箸を使わず、手で食べる。欲望のなすがままに行動する。自分たちが伝える事柄の本質も、それがもつ意味すら知らないでいる」。原文で使われている「西南蛮種」という表現からも、ポルトガル人が野蛮人か猿のような存在と見なされていたことがわかる。

一五四九年、薩摩に到着したザビエルが初めて送った報告書には、より具体的な日本像が描かれている。そうとはいえ、ザビエルが知ることのできたのは日本社会の表層部分だけで、人々の精神性まで理解するには至らなかった。その理由のひとつは、日本人の宗教観が西洋人のそれとあまりにもかけ離れていた点にあろう。日本人は持ち前の好奇心から、神についての話に興味を示しはするものの（ザビエルたちが神の話をするためにわざわざ何万里も海を渡ってきたことに、彼らはなにより驚いたという）、魂の不滅や天地創造、世界の終末の話題にはまったく関心を寄せなかった。さらに、仏教徒であるにもかかわらず、古代神である動物や太陽、月などを人々が崇拝する事実も、少なからずザビエルを驚嘆させた。こうした状況にもかかわらず、仏教には改宗という概念が存在しないのだから、十年で日本全土をキリスト教国にできると信じ込み、楽観的な調子で報告書を結んでいる。

一方、ザビエルの後を受けて一五六三年、長崎に上陸した宣教師ルイス・フロイスの記述には、より微妙な陰影がみられる。思うように布教が進まない状況を嘆くとともに、その原因のひとつである言葉の壁を乗り越えるために、キリストの教理を解説する日本語の教本を作ったり、禅問答のスタイルで教理問答を紹介したことなどが報告されている。仏教の無の概念を取り入れつつキリスト教の教えを説いたとも書かれている。ところで、こうしたフロイスの記録については、日本での布教の起源を綴った一種の回想録、あるいは年代記として読むことも十分可能だろう。ザビエルと使徒が街角や辻に立ち、天地創造や十戒、偶像崇拝などのテーマと並んで、罪のおそろしさをソドムの物語として伝えようとしたこと、女たちにはその罪深さを説いたこと、さらには、侍の家を一軒一軒回って布教活動を行ったことなどが記されている。侍とその家族はキリストの教えを嘲笑した。平戸を出て四カ月間、歩きっぱなしで都（京都）まで布教活動を行ったことも書かれている。好奇の目に晒され（「肉を食べる野蛮人」）、軽蔑の眼差しで迎えられた辛い旅路だった。あるとき、彼らはひとりの盲を改宗させるのに成功した。すると、その盲の口をとおして一気に教えが広まったという。こうした逸話はまさに宗教の起源を感じさせるものである、とフロイスは語っている。日本での布教活動はある意味、原始キリスト教の黎明期を反復しているようでもあったのだ。

平戸に戻ったザビエルは、滞在延長の許可を求めるため、贈り物を携えて領主との謁見に臨んだ。領主は神父を僧侶と対峙させ、問答を行わせた。謁見のあと、ザビエルは真言宗の教主である大日如来について勉強を重ね、大日如来は悪であるという結論に達した。

パウロ・ダ・サンタ・フェという名で洗礼を受け、ザビエルの日本上陸への水先案内人ともなったヤジロウは、キリスト教に改宗した最初の日本人でもあった。作家の多和田葉子は、聖書の翻訳者という観点からヤジロウをとらえ、その苦心の跡がうかがえる作業ノートを読み解きながら、次のように述べている（日本語版未刊行のため、以下は筆者の翻訳による）。「日本で最初のキリシタンとなったヤジロウは、ロスト・イン・トランスレーションについて語ることのできる適任者だった。彼こそが大きな損失、とはいえ実り豊かな損失を負いつつも『福音書』を日本語に訳した張本人なのだから。とはいえ、ここでわたしが扱うのは、出版された書物ではなくて、ヤジロウの手で書き留められ、彼自身が布教活動で使っていた私的な帳面《ノート》である。フロイスの推測どおり、仮にヤジロウが海賊だったとしても、ここでは『福音書』の翻訳者として、外国船荒らしとは別の意味で彼を冒険者とみなすべきなのだ。二人目の翻訳者やその追随者たちは、先行する翻訳を参照することができるが、最初の翻訳者は未知の場所で地歩を固めなければならない。キリスト教の教義をかろうじて理解できる代物にするために、ヤジロウは仏教用語を借用せざるをえなかった」

　エジプトのプトレマイオス王の命によってアレクサンドリアに幽閉されたイスラエルの七十二人の長老たちが、一言一句違わずヘブライの神の言葉（旧約聖書）をギリシア語に翻訳したという『七十人訳聖書』の伝説とは対照的に、たったひとりで遠い異国の言語と格闘し、日本語に翻訳するという偉業を成し遂げた点で、多和田の指摘するとおり、ヤジロウは真の冒険者だといえるだろう。さらに、異教の教えを少しでも理解可能にするために、ヤジロウが仏教を参考にし、仏教用語を流用したことも知られている。たとえば、悟りを意味する成道という仏語を天国《ハライソ》に、大日如来の大日を神《デウス》の訳に充てたことだ（残念ながらヤジロウ訳聖書は現存しない）。ザビエルが悪の権化として忌諱した大日如来の名を、ヤジロウが奇しくも神《デウス》の訳に充てたという事実は、皮肉といえば皮肉である。

日本上陸の際にフロイスを迎え入れたのは、当時洗礼を受けたばかりの大名、大村純忠だった。純忠は一五九七年に没したが、同年には国内で初めてキリスト教徒が処刑される事件が起こった。京都で引き回しにされた後、長崎まで徒歩で連れられ、そこで処刑された二十六名の殉教者のうち、外国人は六名、日本人は二十名だった。その中には当時十九歳で、五島列島出身の五島ヨハネもいた。

一六〇三年に宣教師迫害令、一六一四年にはキリスト教禁止令が発布されると、キリスト教の指導者たちは日本から去っていった。だが、一八七三年に信仰の自由が回復するまで、迫害後の逃亡先や移住先で密かにキリスト教を信奉し続けた人々がいた。多くは離島の山間僻地で農民となった。彼らにとって、宗教は日々を生き延びるための糧となり、彼らの祈りは自然信仰や祖霊信仰と結びついた。孤立した暮らしの中で親族同士をつなぐ絆となった。要するに、生き延びるためのさまざまな手段や期待と結びついて、キリスト教は徐々にその姿を変えていったのだ。宗教は彼らにとって、祈りという最小にして不可分の単位、教義の最低原理、つまりは内なるもうひとりの自分、あるいは親しい人と魂の伝達《コミュニケーション》を行うための秘密の言語や暗号となった。こうした祈りの言葉は、隠れキリシタンの言葉でオラショ（談話を意味するラテン語のオラティオに由来する）と呼ばれている。宣教師から聞き書きしたラテン語の祈禱文の大切な語句だけを日本語に訳し、祈禱文全体をトランスクリプトした文句のことだ。信者たちはそれを暗記するか、節をつけて暗誦した。禁教の時代には、オラショは口伝えで子孫に受け継がれたが、伝承の過程で祈禱の文句や内容が少しずつ変化し、語が転訛され、次第に意味不明な呪文となっていった。すでにクレオール的な性質を持っていた祈りの言葉が、祖先の秘密を封じ込めた大切な歌へと変化し、何代にも渡って受け継がれたのだ。

別の世界から来た何かをさらに別の世界へと運ぶ船のような存在、それが言葉なのではないだろうか。ただし、そのとき船に積まれたのは異国の見事な果実ではなく、その言語的形象（ソシュールなら記号と呼ぶだろう）であり、到着地に着くまでに船が寄港した先々で別のことばと結びつき、姿を変えて新たな生を得る。だから、言葉は密封された積荷ではないし、言葉を乗せた船もまた、必然的に未来の海原へと向かっているはずだ。

廃墟となったル・アーヴルの港沿いの商店で、少年キニャールは小動物を買い集めてノアの箱舟を作ったという。作家となったキニャールは、死語で綴られた物語を乗せた船を何艘も作った。書物は言葉にとってのシェルターでもあったのだ。


言葉の旅は時間の旅でもある。より正確にいうなら、言葉と時間のどちらも、絶えざる変容の一様態にすぎないといえるだろう。神話がいまだ息づく隠岐の島に関心を持ち、数度に渡って現地を調査した文化人類学者レヴィ＝ストロースは、日本の神話と古代ギリシア神話との類似に驚いたと語っている。『月の裏側――日本文化への視角』では、『古事記』の中にクロイソス神話と見紛う逸話があるという指摘や、ホメロスの『オデュッセイア』の主人公とほぼ同じ響きをもつ英雄の名があるなど、興味深い考察がある。そうした仮説が正しいなら、神話の物語がかつて船に乗って旅をしたということになるだろう。旅の停泊地で物語は伝えられ、別の言語に乗り換えてさらなる未知の土地へと旅立っていく。その間にいくつもの変化や変異が起こる。語り、解釈、翻訳――、これらはすべて移動や運動、転移の比喩と結びついている。商い目当ての積荷とは異なり、船上の言葉や物語に明確な目的地はなく、旅は永遠に続く。隠れキリシタンのオラショの例やレヴィ＝ストロースの仮説から分かるのは、位置がわずかに移動しただけで、言葉は別物になるということだ。それを意図的に行う作業が翻訳であるが、この場合、起点言語から目標言語への意味の置き換え行為という次元をはるかに越えた、流動的で不断の運動、つまりは変容のプロセスそのものとしてみなすべきだろう。

かつて、海からの漂着物はすべて寄り物とされていた。五島列島にも漂着物信仰が広く浸透している。言葉の形で運ばれる、あるいは言葉が運ぶ贈り物と同じように、海からの漂着物には異界のオーラが漂っていた。漂着物を拾うにあたって人々は儀式や決まりごとに則り、それらを恭しく受け取った。

フランス人翻訳家のコリナ・ジェプナーによると、翻訳とは言語のあいだに身を置く行為である。ふたつの言語を分かつ不確定な領域を前進しながら、自分自身も姿を変えること。自己同一性を放棄し、水のような不定形の存在となって、いくつもの水脈がぶつかり合い、合流する海の中を渡っていくこと。多和田が想像した海賊翻訳者ヤジロウのように、暗礁や嵐を器用に避けながら、けっして海中に沈むことなく波に乗り続け、大地を目指して進んでいくこと。

翻訳においては、ほぼみずからの意に反して創造行為がなされる、ともジェプナーは書いている。翻訳者はある種の地図（翻訳の元となる原書、あるいは道しるべとなるもの）を携えてはいるものの、終着点を決めるのはあくまでも翻訳者である。これしかないと思った言葉を選別したその瞬間に、頼りにしていたはずの母語の曖昧さや恣意性が露呈する。翻訳とはある意味、未完の創造行為である。限定や規定、正確さといった概念がぴったり当てはまるかにみえて、その実、翻訳の極意はそれとは正反対の要素に結びついている。翻訳とはむしろ読むことであり、書くことであり、他所を求めて自分の内部を探求すること、母語を離れて母語を再創造すること、未知の意味という宝を探すことである。

キニャール作品の中でこうした翻訳行為、あるいは創造活動を特徴づける変化や変容、転生といったテーマを体現する人物がいるとすれば、それはピアニストであり作曲家でもあるアン・イドゥンである。『アマリアの別荘』には、再生への不断の運動のある場所こそがこの世の楽園である、という作者のメッセージが込められているように思われる。アンは生への焦燥感に突き動かされた人物である。そして果敢にも自然の時間の流れに逆らおうとする。ただし、時間のもたらす豊穣な変化を否認するのではなくて、知らぬ間に老いに支配されないよう、進んで時間の流れに身を投じ、時間に先んじてみずから変化を創り出そうとするのである。卵からオタマジャクシ、オタマジャクシからカエルへと続く変態と同じくらいに瞭然と、アンは姿を変え続ける。そして、時間を先取りするかにみえて、実際には時間の流れを遡っていく。起源を求めて母川回帰するサケのように。

時間を下る行為が時間を遡る運動に一致するという、一見矛盾したこの定理についても、ジェプナーが表現したような時間の渦中に身を置くというイメージに置き直せば、納得がいくのではないだろうか。なぜなら、遡行と進化のアポリアは、時間を線状的にとらえた場合にしか有効ではないのだから。『アマリアの別荘』の主人公アンは、自己を放棄して他性に身を委ねることで、内奥に隠された自分自身を発見する。ここでもまた、外部へと向かう脱中心的な運動が、内部に向かう求心的な動きと一致している。それはあたかも、大気中の光のおかげで生を享受していると思っていた人間が、身体の内奥に灯された小さな光源に生かされていることにある日突然、気づくようなものだ。それはまた、実際に会ったことのない作家の作品を翻訳しながら、自分自身の言葉に出会うようなものでもある。ナポリ湾に浮かぶイスキア島で、アンは海底から生まれ出る光の存在を初めて知る。燐光のように鈍く輝く、その未知の純粋な光に包まれて、アンは楽園にいることを実感する。そのとき、魂の底から歌声が聴こえてくる。「おお、孤独よ！」と語りかける十七世紀イギリスの女流詩人キャサリン・フィリップスの言葉が、アン自身の声となって聴こえてくるのである。自他の区別も内外の境界もなくなった時間の合流点に、束の間の楽園が出現する。

もしそうであるなら、楽園と永遠を結びつけることは不可能だろう。名前を変え、国境を超え、服装《スタイル》を変えながらアンが脱皮を続けたように、変容の虜となった者には仮住まいしかない（芭蕉も庵から庵への仮住まいを繰り返した。北斎は生涯で百度近くも引っ越した。谷崎潤一郎は四十もの住処を転々とした、等々）。彼らは定住類から渡り鳥へと変態したのだ。

定説によると、日本は二度、西洋に遭遇した。イエズス会による布教（一五四九年）と黒船の来航（一八五三年）である。一方、レヴィ＝ストロースは、『古事記』や『日本書紀』に登場する猿の意匠と、エジプトやギリシア神話における猿との関連に触れつつ、天文学的な知識を介して古代西洋思想が日本に導入された可能性を示唆している（猿はかつて、天界と地上を結ぶ象徴的な動物とされていた）。

オリヴィエ・メシアンはインド音楽のリズムや旋法に啓示を受け、カトリック教徒としての信仰を異教的な広がりをもつ雄大な音楽へと昇華させた作曲家として有名であるが、彼自身は死ぬまでインドの土を踏まなかった。奇妙なことに、メシアンにとっての東洋は日本だった。彼は生涯に幾度も日本に足を運び、鳥たちの鳴き声を採取した。もし翻訳が単なる書き換え行為なら、メシアンの作品は自然を人工に置き換えただけのまがい物にすぎなくなるだろう。作品の根元に自然への祈りや宇宙との繋がりを仮定しない限り、そこに創造行為を見出すことは不可能だからだ。

古代の英雄という異名を幼友達のジョルジュから授けられたアン・イドゥンもまた、古代の巫女さながら、自然の声に耳を傾ける。庭先に降り立つキツツキ、四度鳴いてから飛び去ったツグミ、家の屋根に斜めに差し込む陽光――、自然現象や生物は自分たちの時間《とき》を直感し、その瞬間を声高に叫ぶ（「ヨベル！」「ハレルヤ！」）。語ることなくして、自然はすべてを知っているのである。

上五島列島の旅の最後に、わたしたちは鯛ノ浦教会に立ち寄った。裏手に緑豊かな山がせまる静かな教会だ。訪れる人よりも鳥の数の方が多く、たとえその姿は見えずとも、方々で美声を響かせている。わたしたちはおのずと沈黙し、鳥の歌声に耳をすます。パスカルは師メシアンのように鳥たちのフレーズを正確に聴き取って、すぐさま反芻している。

一八六七年にフランス人のクーザン神父がそこで布教を始めたといういきさつから、教会の敷地内には聖地ルルドが象られていた。火山質の岩肌に穿たれた自然の孔を洞窟に見立ててマリア像が安置された様子は、なるほどフランスの聖地そっくりだ。教会の坂を下った海沿いの墓地には、色とりどりの花が飾られていたが、それらはすべて造花だった（野生のイノシシが食い荒らすため、生花を供える習慣はなくなってしまったそうだ）。その下には紺碧の海が一面に広がっている。たしかに、ここは本物のルルドではない。単なるレプリカだ。そうであるにもかかわらず、海風と静寂、空に響く美しい鳥の鳴き声のせいで、まるでここが楽園のように思えてくるのはなぜだろう。そのときわたしの心を読んだのか、パスカルがこう聞いてきた。「ミドリは神秘主義者なのかい？」「もちろん、ときどきはね」と答えたわたしに、彼は微笑みで返した。

16　わたしの七十歳に

パスカル・キニャール

ある日、櫛は髪を見捨てる
フォークは口を見放す
万年筆は黙り込む

インクの黒い滴が
はがねのペン先で
突然、宙に浮いて止まる

寝室の奥の
部屋の片隅に置かれたヴィオラ・ダ・ガンバの
七つの弦は緩み

楽器の駒が落ちる
――その音はまるで、楽器の木板をこする爪の音にすぐさまかき消されてしまう、猫のためいきのよう

コップはもう口元に運ばれない
君の長い髪に埋めた僕の唇はどこ？
僕の耳のくぼみの奥に入り込んで、愛を囁いた君の低い声はどこ？

老いの中にだって扉はある
何かが起こる、真新しい
まったく新しい何かが
使い古された意味の中に
そして
ひらく
気高く
ますます悲しげに、ますます気高く
残された日々のなかで

母の胎内にあった僕の心臓の鼓動は今どこに？
君のブラウスの下で揺れていた黒く硬い乳首はどこに？
忘却の中に消えた君の名はどこに？

松尾芭蕉は福島の湾でこう詠んだ
これを矢立の初めとして行く道なほ進まず

山や渓谷を越えて、詩人は進んだ
土手から湾へと歩き続けた
岸辺や白い砂利の浜辺、クリスマムやアザミ
シダの茂みの中
キノコの森やミントの群生
イラクサの茂みの中を
杖をたよりにひとり歩き続けた
放浪のさなか、彼は書いた
野ざらしを
心に風の
沁む身かな

生まれるだけでは十分ではない、生まれ直さなくては
翼をもがれて震える僕らの身体だけでは足りず、自然の中で生まれ直す必要がある
たとえ死の淵にあろうと、生き直すべきなのだ
そう、遠い最果ての地の死の淵にあってすら、生き直さねばならない

はるか遠い
西の彼方の、列島の最西端
世界の果ての島々にいても

誰の耳にも届かぬ、自分だけに向けて語る声に満たされた
書物の沈黙の中に生まれ続ける不思議な吐息
僕らが死んだ後でさえも

誰にも見られることなく、たったひとりたどった道の記憶を深く刻み込んで
僕らは座り込んでいたのだ、僕らの知るすべてが完全に失われてしまった喪失状態の中で
扉の内側で
魅惑の海辺の、砂に埋もれた沈黙の中で

17　道と戦争

パスカル・キニャール

破壊がなされたあとでそこに生まれた者にとって、廃墟での生活はいわば自然状態だった。

途方もない猛火と煙の柱の光景は、遠くからそれを眺めるかぎり、死にゆく者に対して権力が見せつける桁違いの宣伝でしかないだろう。民間人全体を一瞬にして根絶するそのさまは、恐怖を植え付け、攻撃を印象づける。そして夜な夜なの悪夢をもたらす。

破壊された場所ではどこでも、破壊のあとにそこを突然去ることを余儀なくされた住民の精神的瓦解が起こる。心の奥で彼らが味わう感情は、喪の悲しみよりも奇妙なものだ。何が起こっているのか彼らにもわからない。自分たちをそれまで保護してくれたものは、どこかに消えてしまった。周囲の誰も死んでいないのだから、その悲しみを測ることはおろか、名付けることすらできない。自分たちは生きているし、傷を負ってもいないのに、なぜこんなにも身体は取り乱しているのだろう。彼らはその苦しみに人間的な理由を見出そうと試みる。その苦悩を抹消するため、人間の顔をした犠牲者《スケープゴート》を指し示したいと願う。それなのに、彼らが生まれたあとで崩壊をみたのは、またしても場所なのだ。

折れた競漕《カヌトン》用ボートのように、壊れた場所からわたしたちはやってきた。卵から孵った雛のように。ひな鳥のように。突然に家をなくしてしまった。割れた殻の周りで、雛たちはさえずり続ける。


英米の空襲理論によると、焼夷弾投下の目的は軍事ではなく政治的である。「敵側の民間人の士気を破壊するため」と書かれている。手段は恐怖なり、だ。産業施設を狙い撃ちし、敵側の戦争機械を麻痺させる以上に重要なのは、民間人に対して彼らの指導者の陣営を鞍替えさせることによって、陶酔的で持続的なプロパガンダを同盟国内部で確保することだった。

一九九九年、ゼーバルトは『空襲と文学』を上梓した。

その目論みは倫理的なものだった。「当然の報い」はアメリカ的な表現だ。「正義による罰」とは、敵側の非戦闘員のみならず、彼らの避難所や住居、建築遺産、そして風景までをも破壊することを意味していた。


最高司令官はそれを火の嵐と呼んだ。

戦争の目的は、言語のそれと当たらずとも遠からずといえる。その目的は二重である。すなわち魅惑し、破壊することだ。

実際、空爆は次のようにして行われる。まず、日中のうちに炸裂弾を連続投下する。その後、一旦基地に戻る。そして、二度目の出撃では、真夜中に焼夷弾を連続投下する。

最初の時間は音響的だ。対して、第二の時間は劇的だ。その光景は四方数百キロにわたって、眠りを妨げられた住民が目にすることのできるものだ。明け方になると、無人の廃墟の広がる広大な荒地がついにその姿を現し、その一方で、ぼろぼろの寝間着姿ではだか同然の民間犠牲者たちの縦隊が、茫然とした様子で自分たちの土地を慌てて捨て去り、まるで山を転げ落ちる奔流のように、無秩序に突進していく。

ケルンでは、ライン川と川沿いの土手以外、何も残らなかった。静かな水の流れが廃墟を横切っていた。人ひとりいない。影ひとつない。あの女《ひと》は幼年時代をそこで過ごした。

トゥールのグレゴリウスによると、キルペリク王治世下の六世紀末のトゥーレーヌ地方では、フランク族によるブルジュ包囲でほとんどの農民と作男が命を落とし、その結果、獣疫が引き起こされた。それは「牛や馬を見かけるのが珍しい」ほどだったという。生き延びた数少ない人間は、家畜に出会うとこんなふうに挨拶した。

「こんにちは、馬のおうまさん《シュバル》。こんにちは牛のおうしさん《ブッフ》。どうかわたしたちの世界に止まっていてくださいね」

ル・アーヴル市がわたしに捧げてくれた公共ベンチは、市役所の向かいの辻公園に背を向けるようにして置かれている。聖ロクス公園にある一本の木の前にはサルトルのベンチが、海辺にはモーパッサンのベンチがある。

だが、廃墟の子の瞳にとっては、まっさらな建物よりも打ち捨てられた廃墟の方が、ずっと本物らしく思われるのだ。

たとえば雲を貫く巨大タワーや、空が映り込むガラス張りの大きなビルディング、誰もまだ住んだことのない瀟洒なアパルトマン、こうしたものすべてが彼らにとってはまがいもの、いや、さらに悪いことに、脆くて壊れそうな代物にみえてしまう。壊れた貧民街の方が住みやすく思われ、そのせいで、荒廃したその姿にもかかわらず、結局、より頑丈に思えてしまうのは、それらが歴史、すなわち時代を通じて引き続き起こった戦争に耐えてきたからなのだろう。

金属製のカートで溢れ、天井からは値札が垂れ下がり、花飾りのような照明に煌々と照らされた豪奢な大型商業施設は、わたしにとっては今でも現実とは思えない。

学期末休暇中に目にした光景、スキー用具と色とりどりのスキー帽に覆われた雪山の斜面はどこか嘘っぽく、人間じみていて、山頂から見下ろすと胸のむかつく光景ですらあった。

18　たえざる常しえの海の歌

パスカル・キニャール

わたしはエウペーモスに訴える
足を濡らすことなく海を駆け抜けた、たったひとりの御仁に助けを求め
その底なしの善意と、彼が吹く別離の角笛に運命を託したい

夢の中で巨大なひとりの女が遠ざかっていく
消えゆく光の中へと遠ざかっていく
谷間の陰へと姿を消す、そぼ濡れたひとりの女
なんと悲嘆にくれた様子だろう
すらりと美しく、髪を解いたその姿。硬く、丸みを帯びた臀部。起き上がっては、後ろに反り返る。
乳房は剥き出しのまま、涙で濡らした頬と、薔薇色に染まった鼻で
「愛する人、わたしはどんな過ちを犯したのでしょうか？　なぜあなたの瞳からわたしの姿は消えてし

まったのですか？　愛する人よ、あなたは行ってしまうのですか。ああ、わたしの中からあなたが立ち去るのを感じます」

現実はこうだ。彼女の唇が開き、叫び声がこぼれ出る。息を吐いて彼を押し出し、追い出すのだ！

夜がやってくる
夕暮れの薄闇とともに
湾に面した部落を望む、黒ずんだ山よりも広大な夜が

波間を見下ろす墓地の敷地にあるたくさんの煌めく花々。寒地に咲く冬と風の代名詞へレボルスもここでは極彩色だ。

だが、墓地を彩る花はどれも、ただのプラスチックの造花。
漁師たちは説明する。それは仕方のないこと。生花を供えたところで、夜にはもうイノシシに食われてしまうのだから。人間がいなくなり、巨大な森と化したこの島で、イノシシだけは増え続けているのだから

五島列島にある、殉教者たちを祀ったたくさんの小さな教会。そのどれもが、まるで大海と流れ雲に向かうようにして建っている。

ルルドの洞窟を模して掘り出された、湿った洞窟の聖母マリア像よ

本当のところ、君はクジラの女神なのだ

涙を流すアフロディーテ
なんて悲しげな海のイメージ！
ポンティ・トリスティス・イマーゴ！

愛する人よ、もしわたしの元を去るのなら、野原を横切る道を通りなさい
愛する人よ、もしわたしから遠ざかるのなら、山を蛇行する小道を行きなさい
愛する人よ、ここを離れなくてはいけないのだから、荷車を繋いで、島を巡る道に出なさい
地上の道はあるのだから
そう、わたしが怖いのは小舟やゴンドラ、大型船、カラベル船だけ
たとえ色とりどりの造花が洞窟もどきを囲むように飾り立てようと、波だけは怖いのです
たとえ女神がいようが、海だけは怖いのです

至大な野生クジラの住まう海洋が喚起する、雄大で物憂げなイメージ、それこそが恐怖の正体なのだ

日本は実に一国以上のもの。世界の果てにあって、三つの海に浮かぶ六八五二もの島々が日本なのだ
この世の最果ての島々のさらに最西端にあるのが、五島の一一〇の島だ。

ああ、隠れキリシタンの島々よ

カクレキリシタン！
ああ、足のかかとに踏みつけられたキリストの絵で知られる島々よ
踏み絵！
箱舟に乗ったノアは、殉教者たちの教皇と呼ばれた
パッパマルジ！
そしてノアを襲った大洪水
津波！

まず目を引いたのは、船の舳先をいろどる濃い色彩。狭江や天然の港、疵だらけの火山岩に侵食されて掘り痕ができ、傷だらけのくすんだ色に変わり果てた船の、その舳先がぶつかる火山岩の先端からはたえず海水が溢れ出し、水はその形態《フォルム》を変え、突進し、すさまじい勢いで船に流れ込むかと思いきや
岩にぶつかって、砕け散る
次に目に飛び込んできたのは
砕け散る紺碧の波と
灰色の波しぶきと
白い泡が沿って進む岸辺を覆う苔の
はっとするほど深い緑の色
橙色の菖蒲が咲きこぼれる暗い畑を見降ろす、小さな入江の水田の海と触れあう水

暁の女神の息子であるボレアスよ！

夜明けだけが生み出すことのできる風よ！
白く大きな翼で、北方からやってくる風よ！

そしてお前、ボレアスの息子であるゼテースよ！
人間の眼差しの届かぬ天界での、神々の交わりから生まれた果実であるお前！
イリソス川のほとり
流れる風が描く螺旋運動の中で
オレイテュイアがロンドを踊っていたとき
突風が起こり、その喧騒のさなか、彼女は地上からさらわれた
トラキアを渡る海鳥のごとき風の神ボレアスにさらわれ、エルギノス川を見下ろすサルペドンの岩山まで連れてこられた
ボレアスはそこで、暗澹とした雲で彼女を包み込んだまま所有した
二人はたがいの腕の中で震えた
愛し合った
二人の様子を地上から眺めていた人間たちは、重なる強襲におびえながらもこう語った「なんと素晴らしい抱擁の光景」
メガ・タムボス！　見事な光景！　ロードス島の岩山についての書物を清書しながらそう書いたのは、アポロニオスだ
それは雲を生み出す原初の光景だった。オレイテュイアとボレアスの顔のこめかみ辺りには雲がうずまき、二人はいっしょになって両足をばたつかせながら太陽に向かって上昇し、その青い翼の先には黄

金の羽根が煌めいていた
仰向けになってはるか上空から真っ逆さまに落下する二人の褐色の髪、薔薇色に煌めく髪が風に舞う
地上から見ることのできたのは、黒い大きな雲の絨毯からはみ出した足指だけだ

宇宙のクロストークの音が聴こえる人にとって
波動は臓腑の内部にまで浸透している
広大無限は瞑想へと誘う

それは空間の中で瓦解し、空間そのものも消滅する

空間は雲でしかなかったのだ

海沿いに響きわたる
波のとどろき
信じがたいほどに茫漠とした波の呻り声
生命以前の
空間に耳が生まれ出る前の
誰に向かって波はとどろくのか

引用文献一覧

第一章　たゆたう波のように

『レビ記』、第二五章、日本聖書協会。

鴨長明『方丈記』、岩波文庫、一九八九年。

Pascal Quignard, *Medea*, Ritournelles, 2011.

第三章　ル・アーヴル

『信夫伊達風土記』

和合亮一『詩の礫』、徳間書店、二〇一一年。

Pascal Quignard, *L'Origine de la danse*, Galilée, 2013.（パスカル・キニャール『ダンスの起源』桑田光平・堀切克洋・パトリック・ドゥヴォス訳、水声社、〈パスカル・キニャール・コレクション〉、近刊）

第八章　東京

清少納言『枕草子』、岩波文庫、一九六二年。

鴨長明『方丈記』、岩波文庫、一九八九年。

谷崎潤一郎『春琴抄』、新潮社、一九五一年。

石牟礼道子・志村ふくみ『遺言　対談と往復書簡』、ちくま文庫、二〇一八年。

クリスティアン・ドゥメ『日本のうしろ姿』鈴木和彦訳、水声社、〈批評の小径〉、二〇一三年（Christian Doumet, *Japan vu de dos*, Fata Morgana, 2007）。

パスカル・キニャール『アプロネニア・アウィティアの柘植の板』高橋啓訳、青土社、二〇〇〇年（Pascal Quignard, *Les Tablettes de buis d'Apronenia Avitia*, Gallimard, 1984）。

パスカル・キニャール『アルブキウス』高橋啓訳、青土社、一九九五年（Pascal Quignard, *Albucius*, P.O.L., 1990）。

パスカル・キニャール『世界のすべての朝は』高橋啓訳、伽鹿舎、二〇一七年（Pascal Quignard, *Tous les matins du monde*, Gallimard, 1991）。

パスカル・キニャール「舌の先まで出かかった名前」、『謎』所収、小川美登里訳、水声社、〈パスカル・キニャール・コレクション〉、二〇一七年（Pascal Quignard, *Le Nom sur le bout de la langue*, P.O.L., 1993）。

パスカル・キニャール『アマリアの別荘』高橋啓訳、青土社、二〇一〇年（Pascal Quignard, *Villa Amalia*, Gallimard, 2006）。

パスカル・キニャール『秘められた生』小川美登里訳、水声社、〈フィクションの楽しみ〉、二〇一七年（Pascal Quignard, *Vie secrète*, *Dernier Royaume*, tome VIII, Gallimard, 1998）。

パスカル・キニャール『ローマのテラス』高橋啓訳、青土社、二〇〇一年（Pascal Quignard, *Terrasse à Rome*, Gallimard, 2000）。

パスカル・キニャール「失われた声」、『謎』所収、小川美登里訳、水声社、〈パスカル・キニャール・コレクション〉、二〇一七年（Marc Corima & Adriano Marchetti, *Pascal Quignard : La mise au silence*, précédé de « La voix perdue » de Pascal Quignard, Champ Vallon, 2000）。

パスカル・キニャール『いにしえの光』（『最後の王国』第二巻）、小川美登里訳、水声社、〈パスカル・キニャール・コレクション〉、二〇一六年（Pascal Quignard, *Sur le jadis*, *Dernier Royaume*, tome II, Grasset, 2002）。

Pascal Quignard, *Carus*, Gallimard, 1979.

Philippe Jaccottet, *Cahier de verdure*, Gallimard, 1990.
Pascal Quignard, *Petits traités*, tomes I à VIII, Adrien Maeght, 1990.
Pascal Quignard, *Lycophron et Zétès*, Gallimard, 2010.
Pascal Quignard, *Leçons de solfège et de piano*, Arléa, 2013.
Pascal Quignard, *Une Journée de bonheur*, Arléa, 2018.
Pascal Quignard, *Bubbelee*, Galilée, 2018.
Pascal Quignard, *L'Enfant d'Ingolstadt, Dernier Royaume*, tome X, Grasset, 2018.

第十二章　長崎

大江健三郎『ヒロシマ・ノート』、岩波新書、一九六五年。

ロバート・J・リフトン『死の内の生命――ヒロシマの生存者』湯浅信之・越智道雄・松田誠思訳、朝日新聞社、一九七一年。

カズオ・イシグロ『遠い山なみの光』小野寺健訳、早川書房、二〇〇一年。

林京子『林京子全集1』、日本図書センター、二〇〇五年。

マルグリット・デュラス『ヒロシマ・モナムール』工藤庸子訳、河出書房新社、二〇一四年（Marguerite Duras, *Œuvres complètes*, tome II, Gallimard, 2011）。

ギュンター・アンダース『時代おくれの人間』青木隆嘉訳、上下巻、法政大学出版局、二〇一六年。

プリーモ・レーヴィ『アウシュヴィッツは終わらない。これが人間か』竹山博英訳、朝日新聞出版、二〇一七年（Primo Levi, *Si c'est un homme*, Julliard, 1987）。

Jean-Christophe Bailly, *L'instant et son ombre*, Seuil, 2008.

Pascal Quignard, *La Vie n'est pas une biographie*, Galilée, 2019.

第十五章　五島

柳田國男『定本柳田國男集』第一巻、筑摩書房、一九六三年。

今井美沙子『心の旅を——松下神父と五島の人びと』、岩波書店、一九九六年。

村田裕志「長崎県福江市—椛島」、田中宣一・小島孝夫編、『海と島のくらし——沿海諸地域の文化変化』所収、雄山閣、二〇〇二年。

クロード・レヴィ＝ストロース『月の裏側——日本文化への視角』川田順造訳、中央公論新社、二〇一四年（Claude Lévi-Strauss, *L'autre face de la lune. Écrits sur le Japon*, Seuil, 2011）。

大橋幸泰『潜伏キリシタン——江戸時代の禁教政策と民衆』、講談社学術文庫、二〇一九年。

パスカル・キニャール『アマリアの別荘』高橋啓訳、青土社、二〇一〇年（Pascal Quignard, *Villa Amalia*, Gallimard, 2006）。

Pascal Quignard, *L'Origine de la danse*, Galilée, 2013.（パスカル・キニャール『ダンスの起源』桑田光平・堀切克洋・パトリック・ドゥヴォス訳、水声社、〈パスカル・キニャール・コレクション〉、近刊）

Traité de Luïs Fröis, S.J. (1585), traduit par Xavier de Castro et Robert Schrimpf, Chandeigne, 1993.

Pascal Quignard, *Les Septante*, avec Pierre Skira, Patrice Trigano, 1994.

Le Puissant Royaume du Japon : La description de François Caron (1636), traduction de Jacques et Marianne Proust, Chandeigne, 2003.

Yoko Tawada, *Journal des jours tremblants, Après Fukushima*, précédé de *Trois leçons de poétique*, traduit de l'allemand par Bernard Banoun, « Franchir la barrière de Shirakawa » traduit par Cécile Sakai, Verdier, 2012.

La Découverte du Japon par les Européens (1543-1551), Éditions de Xavier Castro et préface de Rui Loureiro, Chandeigne, 2013.

Corinna Gepner, *Traduire ou perdre pied*, La contre allée, 2019.

図版一覧

ジュビレの詩の朗読（五島にて）
ジュビレの詩の朗読（五島にて。ショート・フィルムから）
海（ショート・フィルムから）

謝辞

ル・アーヴル

渡辺謙一。Marianne Clévy, Corinne Atlan, Marie Vialle.

東京

日本フランス語フランス文学会、東京大学、筑波大学、フランス大使館、日仏会館フランス事務所、水声社、小林康夫、日向太郎、田村隆、長木誠司、小沼純一、田中純、千葉文夫、森元庸介、青山七恵、磯崎憲一郎、堀江敏幸、大池惣太郎、堀切克洋、村中由美子、神社美江、河野南帆子、津田潤子、後庵野一樹、今野安里紗、荒尾桃香。Laurent Pic, Cécile Sakai, Patrick Devos, Michaël Ferrier.

長崎

長崎創楽堂、アンスティチュ・フランセ九州、堀内伊吹、新井友梨。

*

博多かおる、桑田光平、佐藤嘉幸。Martine Saada, Mireille Calle-Gruber, Eberhard Gruber, Philippe Saada, Guillaume Quignard.

（敬称略）

あとがき

　国籍も境遇も性別も異なる二人の作者の書き下ろしによる『ル・アーヴルから長崎へ』と題された本書は、*Le Havre / Nagasaki* というタイトルでフランスでの出版も予定されているが、一方が原作で他方がその翻訳ではなく、両者ともにオリジナルという点できわめて個性的な作品である。ひとりのフランス人作家と、その翻訳者であり研究者でもある筆者が、日本語とフランス語という各々の言語で、異なる立場から、それぞれの感性にしたがって、あくまでも互いの声に耳を傾けながら、二人一緒に決めた道筋をたどりながら書かれた協働作業の成果が本書なのだ。原稿はほぼすべて、二〇一九年の夏から、コロナウイルスという聞きなれない言葉があっという間に世界を席巻し始めた翌二〇二〇年三月までの間に、当時筆者が滞在していたパリで執筆されたが、マナン通りの作家のアパルトマンで顔を合わせることも、十九区にあるカフェの薄暗いテーブルで肩を並べることもなく、同じパリの空の下のそれぞれ離れた場所で、メールによって運ばれる互いの書き物のやりとりによって進められた。

　理由は後述するが、共同作業を始める時点でキニャールのテクストはすでに半分ほど書かれていたので、その翻訳とほぼ同時進行で筆者が担当箇所を日本語とフランス語で執筆し、さらにそのフランス語ヴァージョンをキニャールが読んで、「一冊の書物として全体がひとつの大きな流れになるべく」自分のテクストに手を加え、新たな章を書き足し、最終的な形に落ち着いた。ふたつの言語を行き交うこうした書物がなぜ生まれたのかについて、少し振り返ってみたい。

二〇一八年五月、パスカル・キニャールは彼にとって四度目となる日本滞在を果たしていた。八日間の予定で東京、長崎、五島列島を移動した。東京と長崎での慌ただしい日程を終えて（本書のキニャールの文章の一部は、その際の講演や朗読のために書かれた）、五月晴れの心地良い海風を感じながら上五島を巡る観光タクシーに乗っていたとき（より正確には、休港中で人気のない上五島空港を車窓から眺めていたとき）、旅の仲間として同席していた桑田光平氏が日本滞在の旅行記を書くことをキニャールに提案したのである。その後、日本とフランスという、地理的にも文化的にも異なる二つの視点を交差させつつ、旅の記録と人生の記録を相互に織り込んだ作品を作る計画が生まれた。本書でも触れたとおり、作家の来日のもうひとつの理由が、古希と作家生活五十周年を日本で祝うことでもあったからだ。

実をいえば、すべてはル・アーヴルから始まっていた。旅と人生について書くにあたっては、日本の友人たちと慰霊の儀式を行った二〇一七年四月のル・アーヴル、ひいては作家が幼年時代を過ごした第二次世界大戦直後のル・アーヴルにまで時計の針を戻す必要があったが、どうやらキニャール自身にとっても、それまでの人生を振り返る時期に来ていたようだ（「自分がその中で死ぬための」大海のようでもありマウソロス霊廟でもあるような未完の連作を書き始め、幼年時代や故郷についても語り始めていた作家は、とうとう自筆原稿やノート、資料のすべてを手放し、フランス国立図書館に寄贈した。寄贈先の国立図書館では、二〇二〇年秋に記念式典と展覧会「エクリチュールのかけらたち」が開催された）。キニャールは皮肉まじりに、敬愛するイングマール・ベルイマンの佳作『野いちご』の主人公イサク・ボルイにみずからを喩えているが、それもある意味、うなずける。あらゆる出会いが同時に過ぎ去ったものとの邂逅であるような時間の潮目に、彼自身もまた立っていたからだ。

本書でのキニャールの書きぶりに驚く読者も少なからずいるだろう。物語や小説で馴染みの見事なまでに効果的な語りはここでは鳴りを潜め、風通しの良い詩のような文章が綴られている。また、作家の人生を構成する伝記素《ビオグラフエーム》を散りばめながらも、そこから真実がおのずと浮き彫りになるような一貫した語りには向かわず、むしろ「わたし」という中心点から逸脱しながらテクストを紡ぐことで、より一層重層的な物語が深い感動とともに立ち現れる。余談にはなるが、「自伝契約」や「オートフィクション」とも異なるわたし語りの新しい次元を、キニャールはここで垣間見せてくれているともいえる。

日本とフランス、過去と現在を往還するこうした語りからは、偶然とも運命的ともいえるいくつかの符合が浮かび上がる。ル・アーヴルと広島・長崎を結びつける戦禍と廃墟のイメージ（ちなみに第二次世界大戦では、ル・アーヴルはイギリス軍の爆撃機によって街の八二パーセントを失い、壊滅的な被害を受けた）、十六世紀のル・アーヴルと二十一世紀の福島を襲った巨大津波、キニャールの祖父の出身地であるベルギー国境沿いのショー村に建造されたフランス初の原子力発電所と、福島を襲ったレベル七という未曾有の原発事故がそれぞれもたらした民族四散《ディアスポラ》……これらを結びつける共通項とは、傷ついた故郷への想い以上に強く身にせまる、故郷という概念の儚さと脆さである。「わたしの生きた痕跡はどこにも残っていない」とキニャールは書いている。廃墟の街ル・アーヴルはいつのまにか姿を消し、毎夏ヴァカンスを過ごしたショー村も故郷ではなくなった。たしかに故郷と喪失は表裏一体の関係のようにみえる。喪失した瞬間に故郷が生まれ、故郷だった場所には不在しかない。

十代でル・アーヴルを去った後、長らくこの街に戻ることなく沈黙を守っていたキニャールが、みずからル・アーヴルについて語り始めたのは、つい最近のことである。それだけキニャールにとっては深い事情があったのだろう。それもそのはず、故郷のモチーフは必然的に母の思い出へと導かれるからだ。この避けることのできないテーマに作家が真剣に対峙するには、二〇一一年に書かれた『王妃メディア』を待たねばならなかった（当時、作家は六十三歳だった）。ギリシア神話に登場する魔術師で、子殺しの母でもあるメディアを下敷きにしたこの物語は、すぐさま舞台化され、キニャール自身も演者のひとりとして、仏在住の暗黒舞踏家カルロッタ池田とともに世界を回った。『王妃メディア』の最終公演地にル・アーヴルが選ばれたのも、まったくの偶然ではないだろう。ある意味、文学作品という迂回路を通って、故郷、そして母との和解を果たしたと言えるからだ。故郷のイメージの底流をなす母のテーマは、本書ではイングマール・ベルイマンという共犯者に託して語られる（監督ベルイマンと、彼が生み出したボルイ教授という二重の守護聖人を、どうやらキニャールは本書の導き手に選んだようだ）。みずからが産み落とした子の死を願う母の呪いを断ち切るために人生の大半を費やし、その結果、偉大な作品を世に送り出したスウェーデンの巨匠の生き様は、作家自身の姿でもあり、おそらくは母から生まれたすべての人間の運命でもある。なぜなら、わたしたちは誕生とともに母胎という最初の故郷を失い、母から遺棄された故郷喪失者だからだ。子を宿す慈愛に満ちた母は、子の破壊と死を望む悪い母でもあった。キニャールが女王メディアを母の中の母、太母と呼んだ理由もそこにある。

仮にすべての人間にとって故郷が絶対的な不在でしかないのなら、わたしたちが故郷と呼ぶものは一体なんなのだろう。わたしたち以前にすでにこの世に存在していた場所、わたしたちが選んだわけでもなければ、わたしたちにとって縁もゆかりもない他処……。そうした場所が、キニャールにとっては戦禍で傷つき廃墟と化したル・アーヴルだった。作家はまたしてもそこに太母の影を見る。産み落とし、破壊し、死の試練を課す文明という名の太母と、「亡霊的なものの覇権《ヘゲモニー》」である。

「人の魂が見る悪夢の中に今なお留まり続ける恐怖を生み出した第一次世界大戦の塹壕、強制収容所、そして一九四五年八月の原爆投下――、これらから直接抜け出たように桁外れで、あいまいで、非現実的な妄想のことを、ジャン・ボードリヤールは『亡霊的なものの覇権《ヘゲモニー》』と名付けた。毒ガスを吸い込み、炉で焼かれ、放射能を浴びた亡霊たちの大民族が、いまやこの世界に取り憑いている」

本作のフランス語版に付されたショート・ムービー（Guillaume Quignard, "Voyage à Nagasaki", 2020. 出版物をめぐる諸事情によって、残念ながら日本語版では削除されている）の冒頭にキニャールが選んだのも、戦禍で荒廃した故郷ル・アーヴルのモノクローム映像だった（本書では第十章「写真帖」の中で、廃墟のル・アーヴルのイメージを見ることができる）。そこに映し出された死の世界が、人の住める街らしき姿を取り戻すまでの時間は、子どもだった自分にとって気の遠くなるほどだったとインタビューで回顧していることからもわかるように、亡霊的なものが跋扈し、死の気配に満たされた場所で生き抜く術を見出すのは、「戦争の子」でも「平和の子」でもなく、「廃墟の子」キニャールに課された使命であったといえる。

だが、こうした完全な喪失状態の中では、果たして「生存する《サヴァイヴ》」努力だけで十分と言えるのだろうか。生まれ直すこと、すなわち産み落とされた世界や環境の中で「もう一度生まれる」方がより重要ではないだろうか。終戦直後、死と灰に覆われた不毛の大地から不死鳥のごとく生まれ出た暗黒舞踏のように、闇の力を生のエネルギーへと変えるために。暗黒舞踏に倣ってキニャールが創造した「暗黒のパフォーマンス」は、拒食症に罹って生の淵を彷徨っていた幼いキニャールが、強制収容所から帰還した亡霊のような姿の叔父の助けを得て作りあげた儀式――暗闇の中、たった一人で食事をするという儀式――の一変奏でもあるだろう。

本書をとおして作家キニャールが与えてくれる教訓とはおそらく、生きるためには新しいエネルギーを見出す必要があるという事実にほかならない。キニャールはその力を亡霊たちから借り受けた（日本の能のように）。本書のきっかけとなった日本滞在中にも幾度となく、二〇一七年のル・アーヴルのときと同じように、言葉と音楽による死者との交流を通じて新たな命を譲り受ける儀式を、キニャールは繰り返した。

さらに、キニャールにとっては「文学もまた、破壊から生み出された目も眩むような道程」である。生存者《サヴァイヴァー》ではなく「地下状態の生《アンダー・リヴィング》」と評される「廃墟の子」の運命は、光を求めて冥府を下った吟遊詩人オルフェウスのそれにも似ている。あるいは広島の被爆者たちとの出会いをとおして大江健三郎が発見した、「通俗ヒューマニズムを超えた、新しいヒューマニズム、いわば広島の悲惨のうちに芽生えた、強靭なヒューマニズムの言葉」の探究にも通じるものがある。

「ある種の芸術家にとって、真剣さとは、美的なものと倫理的なものを何がなんでも結びつけることである」と書いたのは、キニャールの同時代人で南アフリカ出身の作家J・M・クッツェーである。筆者からみれば、キニャールもそうした芸術家のひとりだ。死者との絆を断ち切ることなく、むしろ死者たちからエネルギーを借り受け、みずからの生きる力として再生する廃墟の文学は、古代ラテン文学、あるいは日本の古典文学とも強く共鳴しあう。だが、死者とのこうした交流は、なにより過去の亡霊（戦争、津波、原爆、内戦……）が未来の姿となって蘇り続ける現代において、なお一層必要とされているのではないだろうか。

キニャールはあるインタビューで、回顧的な感傷癖は「廃墟の子」にとって無縁であると語っている。そうであるなら、今回の旅の記録は新しい故郷に出会うためのステップに違いないだろう。実際、作家の日本滞在中、たくさんの出会いがあった。ひとりひとりにお礼を伝えるべきであるが、ここでは謝辞で感謝の意を表明させていただきたい。

冒頭でも述べたとおり、本書の企画は足掛け四年に渡っている。あらためて読み返すと、時空間を意のままに往来するキニャールの自由闊達な筆に対して、硬い筆遣いの筆者は定点的な役割、よく言えば一種の港《ル・アーヴル》のような役目を負っていたようだ。さまざまな作品を本書に招き入れることで、現実には果たせなかった作家たちとの想像世界《イマジネール》での出会いを意識したつもりである。作家キニャールに送られた詩や文章の掲載を快諾してくださった詩人の小沼純一氏と翻訳家の高橋啓氏にも、この場を借りてお礼申し上げたい。また、水声社から刊行中の〈パスカル・キニャール・コレクション〉がなければ、本書はそもそも産声すら上げていないだろう。桑田光平・博多かおる両氏と編集者の神社美江さんに深謝を捧げたい（本書の「岸辺の歌」は博多氏の訳であることも、ここでお断りしておく）。最後に、本書を令和二年度国際交流事業に採択くださった小西国際交流財団理事長の小西千寿氏にも感謝の言葉を記したい。

二〇二一年春

小川美登里

著者について——

パスカル・キニャール（Pascal Quignard）　一九四八年、フランスのノルマンディー地方ユール県に生まれる。作家。父方は代々オルガン奏者の家系で、母方は文法学者の家系。エマニュエル・レヴィナスのもとで哲学を学び、ガリマール社に勤務したのち、作家業に専心。古代と現代を縦横無尽に往環し、時空を超えたエクリチュールへ読者を誘う作品を精力的に発表しつづけている。主な著書に、『世界のすべての朝は』（一九九一年。伽鹿舎、二〇一七年）、『音楽の憎しみ』（一九九六年。水声社、二〇一九年）、『さまよえる影たち』（『最後の王国』第一巻、二〇〇二年。水声社、二〇一七年）、『落馬する人々』（『最後の王国』第七巻、二〇一二年。水声社、二〇一八年）などがある。

小川美登里（おがわみどり）　一九六七年、岐阜県に生まれる。カーン大学にて博士号取得。現在、筑波大学人文社会系准教授。フランス現代文学を専門とし、ジェンダー、音楽、絵画、言語学などに関心をもつ。主な著書に、*La Musique dans l'œuvre littéraire de Marguerite Duras* (L'Harmattan, 2002), *Voix, musique, altérité: Duras, Quignard, Butor* (L'Harmattan, 2010) などが、主な訳書に、パスカル・キニャール『いにしえの光』（『最後の王国』第二巻、水声社、二〇一六年）、パスカル・キニャール『静かな小舟』（『最後の王国』第六巻、水声社、二〇一八年）、クリスチャン・ドゥメ『三つの庵』（共訳、幻戯書房、二〇二〇年）などがある。

本書の刊行にあたり、小西国際交流財団の助成を受けた。

Konishi Foundation for International Exchange
小西国際交流財団

ル・アーヴルから長崎へ

二〇二一年九月二〇日第一版第一刷印刷　二〇二一年九月三〇日第一版第一刷発行

著者――パスカル・キニャール＋小川美登里
装幀者――滝澤和子
発行者――鈴木宏
発行所――株式会社水声社
東京都文京区小石川二―七―五　郵便番号一一二―〇〇〇二
電話〇三―三八一八―六〇四〇　FAX〇三―三八一八―二四三七
［編集部］横浜市港北区新吉田東一―七七―一七　郵便番号二二三―〇〇五八
電話〇四五―七一七―五三五六　FAX〇四五―七一七―五三五七
郵便振替〇〇一八〇―四―六五四一〇〇
URL：http://www.suiseisha.net

印刷・製本――モリモト印刷

ISBN978-4-8010-0559-4

PASCAL QUIGNARD collection

パスカル・キニャール・コレクション　全15巻

*内容見本呈

音楽の憎しみ　博多かおる訳　二五〇〇円
謎　キニャール物語集　小川美登里訳　二四〇〇円
はじまりの夜　大池惣太郎訳　三〇〇〇円
約束のない絆　博多かおる訳　二五〇〇円
ダンスの起源　桑田光平＋パトリック・ドゥヴォス＋堀切克洋訳
涙　博多かおる訳　二四〇〇円

〈最後の王国〉シリーズ

さまよえる影たち〈1〉　小川美登里＋桑田光平訳　二四〇〇円
いにしえの光〈2〉　小川美登里訳　三〇〇〇円
深淵〈3〉　村中由美子訳　次回配本
楽園の面影〈4〉　小川美登里訳
猥雑なもの〈5〉　桑田光平訳
静かな小舟〈6〉　小川美登里訳　二五〇〇円
落馬する人々〈7〉　小川美登里訳　三〇〇〇円
秘められた生〈8〉　小川美登里訳
死に出会う思惟〈9〉　千葉文夫訳　二八〇〇円

［価格税別］